Una ventana al mundo

al mundo

Isaac Bashevis Singer

colección otras latitudes

Una ventana al mundo
y otros relatos
Isaac Bashevis Singer

Traducción de
Andrés Catalán

Nørdicalibros
2022

Título original: *Job and Other Stories*

© 1972 por Isaac Bashevis Singer. Publicado por
acuerdo con The 2015 Zamir Revocable Trust a través de
Susan Schulman Literary Agency LLC, Nueva York, y ACER

© De la traducción: Andrés Catalán

© De esta edición: Nórdica Libros, S. L.
 Doctor Blanco Soler, 26 - CP: 28044 Madrid
 Tlf: (+34) 917 055 057 - info@nordicalibros.com
 www.nordicalibros.com

Primera edición en Nórdica Libros: febrero de 2022

ISBN: 978-84-18930-46-1

Depósito Legal: M-2861-2022

IBIC: FA

Thema: FBA

Impreso en España / *Printed in Spain*

Imprenta Kadmos

(Salamanca)

Diseño de colección: Filo Estudio e Ignacio Caballero

Maquetación: Diego Moreno

Corrección ortotipográfica: Victoria Parra y Ana Patrón

INVENCIONES

Desde que me mudé al campo me empieza a vencer el sueño sobre las diez de la noche. Me retiro a la misma hora que mis periquitos y que las gallinas del gallinero. En la cama hojeo *Fantasmas de los vivos*, pero no tardo mucho en tener que apagar la luz. Un sueño sin sueños —o uno con sueños que no recuerdo— se apodera de mí hasta las dos de la mañana. A esa hora me despierto completamente descansado, la cabeza como un hervidero de planes y posibilidades. En la noche de invierno que describiré se me ocurrió escribir una historia sobre un comunista —de hecho, un teórico del comunismo— que asiste a un congreso de izquierdas sobre la paz mundial y ve un fantasma. Lo vi todo con claridad: la sala de reuniones, los retratos de Marx y Engels, la mesa cubierta con un mantel verde, el comunista, Morris Krakower, un hombre bajito y regordete con el pelo muy corto y una dura mirada tras unos quevedos de lentes gruesas. El congreso se celebra en Varsovia en los años treinta, la era del terror estalinista y los Juicios de Moscú. Morris Krakower disfraza su defensa de Stalin con una jerga de teoría marxista, pero todos captan perfectamente lo que quiere decir. En su discurso proclama que solamente la dictadura del proletariado es capaz de asegurar la paz y que, por tanto, no puede tolerarse ninguna desviación a derecha o a izquierda. La paz mundial está en manos del NKVD.

Tras los informes los delegados se reúnen a tomar una amistosa taza de té. El camarada Krakower no deja de pontificar. Oficialmente es uno de los delegados pero en realidad no es sino un representante de la Comintern. Su perilla recuerda a la de Lenin; su voz tiene un duro timbre metálico. Conoce a fondo el marxismo y sabe hablar varios idiomas; ha dado conferencias en la Sorbona. Dos veces al año viaja a Moscú. Y, como si lo anterior no fuera suficiente, es también hijo de un hombre rico: su padre posee algunos pozos de petróleo cerca de Drohobycz. No le hace falta ser un funcionario a sueldo del Partido.

Morris Krakower se maneja bien en las conspiraciones, pero en esta ocasión las intrigas no son necesarias. La prensa puede asistir a las sesiones; la policía ha infiltrado a sus espías, pero Morris no ha de temer un arresto. Incluso si fuera arrestado, no sería una gran tragedia. En la cárcel podría dedicar su tiempo a leer. Sacaría clandestinamente panfletos de su puño y letra para despertar a las masas. Unas pocas semanas en prisión no pueden sino reforzar el prestigio de un trabajador del Partido.

Fuera cae la helada. Hacia el atardecer empieza a nevar. El té se da por acabado y Morris Krakower se dirige a su hotel. Las calles son suaves, campos blancos a través de los cuales los tranvías se deslizan medio vacíos. Los comerciantes han bajado las persianas y duermen a pierna suelta. Sobre los tejados brillan innumerables estrellas. Si hay seres inteligentes en otros planetas, medita Krakower, quizás sus vidas también estén reguladas por planes quinquenales. Se sonríe ante la idea. Sus gruesos labios se separan, dejando entrever unos dientes grandes y cuadrados.

En el bordillo está sentada una loca. Junto a ella hay una cesta llena de viejos periódicos y harapos. Ensimismada y despeinada, y con un fiero brillo en los ojos, conversa con sus demonios. En algún lado maúlla un gato. Un vigilante nocturno vestido con una chaqueta de piel y una capucha comprueba los cierres de los comercios. Morris Krakower entra en su hotel, recoge la llave en la recepción y sube en ascensor hasta el cuarto piso. El largo pasillo le recuerda a una prisión. Abre la puerta de su habitación y entra. La camarera ha cambiado las sábanas. No tiene más que desvestirse. Mañana el congreso empieza tarde, así que Morris podrá recuperar algo de sueño.

Se pone un pijama nuevo. ¡Qué poco carismático es un líder descalzo enfundado en un pijama que le queda grande! Se acuesta en la cama y apaga la luz de la mesilla. La habitación es oscura y fría, y se queda dormido de inmediato.

De repente, siente que a sus pies alguien tira de la manta. Se despierta. ¿De qué se trata? ¿Hay un gato en la habitación? ¿Un perro? Se sacude el sueño de encima y enciende la luz. No, no hay nadie. Lo debe de haber imaginado. Apaga la luz y se dispone a dormir, pero de nuevo alguien empieza a tirar de la manta. Morris tiene que tirar a su vez de ella para evitar quedarse destapado. «¿Qué es lo que pasa?», se pregunta. Una vez más enciende la luz. Evidentemente tiene los nervios de punta. Está sorprendido, porque goza de buena salud y últimamente ha descansado bien. Todo va como la seda en el congreso.

Retira la manta y examina las sábanas. Sale de la cama y comprueba que la puerta tiene el pestillo puesto. Echa un vistazo al armario. Nada. «En fin, supongo que estaría soñando», concluye, aunque sabe que no se trataba de un sueño. «¿Una alucinación?». Morris Krakower está enfadado consigo mismo. Apaga la luz y regresa a la cama. «¡Basta de estupideces!».

Pero claramente alguien está tirando otra vez de la manta. Morris se incorpora en la cama con tanta fuerza que hace sonar los muelles del colchón. Alguien, alguna criatura invisible, está tirando de la manta y lo hace con la fuerza de unas manos humanas. Morris no mueve un músculo. ¿Habré perdido la cabeza?, piensa. ¿Estoy sufriendo una crisis nerviosa?

Suelta la manta y la presencia invisible, el poder cuya existencia es imposible, la desliza de inmediato hasta los pies de la cama. Morris queda destapado hasta las rodillas. «¿Qué demonios es esto?», pregunta en voz alta. No quiere admitirlo, pero está asustado. Alcanza a oír los latidos de su corazón. Ha de haber alguna explicación. No puede tratarse de un fantasma.

Tan pronto como la palabra aparece en su cabeza el terror se apodera de él. Tal vez se trate de alguna clase de sabotaje. ¿Pero de quién? ¿Y cómo? La manta se ha caído de la cama. Morris quiere encender la luz pero es incapaz de encontrar el interruptor. Tiene los pies fríos pero la cabeza caliente. Sin querer tira de un golpe la lámpara de la mesilla. Salta de la cama y trata de encender la luz del techo, pero se choca contra una silla. Da con el interruptor y enciende la luz. La manta está tirada en el suelo. La pantalla de pergamino se ha desprendido de la lámpara. De nuevo Morris comprueba el armario, se acerca a la ventana y sube las persianas. La calle está blanca, desierta. Busca una puerta que conduzca a otra habitación, pero no hay tal. Se agacha y busca a tientas bajo la cama, luego abre la puerta del pasillo. No hay nadie. «¿Debería llamar al conserje? ¿Pero qué voy a decirle? ¡No, no pienso hacer el ridículo!», decide. Cierra la puerta, echa el pestillo y baja las persianas. Vuelve a echar la manta sobre la cama y coloca la pantalla en la lámpara. «Qué locura», musita.

Morris Krakower ha empezado a sudar a pesar de que en la habitación hace frío. Tiene húmedas las palmas de las manos. «Debe tratarse de algún tipo de neurastenia», se dice, tratando de tranquilizarse. Se plantea dejar la luz encendida durante un rato, pero se avergüenza de su cobardía. «¡No debo permitirme ser víctima de semejante superstición!». Apaga el interruptor y regresa con paso vacilante a la cama. Ya no es el mismo Morris Krakower seguro de sí mismo, portavoz de la Comintern. Es un hombre asustado. ¿Volverá lo que sea que hay en la habitación a tirar de la manta?

Durante un rato Morris permanece echado sin hacer un solo gesto. La manta no se mueve. Al otro lado de la ventana alcanza a oír el apagado ruido metálico de un tranvía. Se encuentra en el centro de una ciudad civilizada y no en el desierto o en el Polo Norte. «¡Todo está en mi cabeza! —razona—. ¡Tengo que dormir!». Cierra los ojos. Inmediatamente siente un tironcito. No, no es solo un tironcito sino un fuerte empellón. En un segundo tiene la manta a la altura de las caderas. Morris estira la mano, agarra la manta y trata rápidamente de tirar de ella. Pero tiene que emplear todas sus fuerzas porque su visitante nocturno está tirando enérgicamente en la dirección contraria. El visitante es más fuerte y Morris tiene que ceder. Resuella, gruñe, le insulta. El breve forcejeo deja a Morris cubierto de sudor. «¡Qué calamidad más grande!», exclama, repitiendo una expresión que usaba su madre. ¡Que semejante locura le tenga que pasar precisamente a él, entre toda la gente! ¿Qué podrá ser? «Dios santo,

¿existirán los demonios de verdad? Si es así, entonces estamos perdidos».

Me quedé dormido y soñé uno de esos sueños recurrentes que se repiten una y otra vez a lo largo de los años. Estoy en un sótano sin ventanas. O bien vivo ahí o lo uso como escondrijo. El sótano es profundo, oscuro, el suelo sucio está hundido e hinchado. Tengo miedo, pero sé que debo permanecer ahí durante un tiempo. Abro una puerta y me encuentro en otra pequeña habitación oscura con una cama de paja sin sábanas. Me siento sobre la cama y trato de decirme cosas tranquilizadoras para que se me pase el miedo, pero solo aumenta. Escucho ruidos. Oscuras criaturas, suaves como telas de araña, se arrastran por el pasillo, susurrando. Debo escapar, pero la salida está bloqueada. Me dirijo a una segunda salida, ¿pero es por ahí? El pasillo se estrecha, tuerce, desciende. Ya no camino sino que me arrastro, como un gusano, hacia una abertura, ¿pero la alcanzaré? ¡Un momento! Me he dejado algo en la otra habitación —un documento, un manuscrito— y tengo que regresar a buscarlo. No es la única complicación. Es extraordinario, pero unas protuberancias parecidas a cuernos han brotado de mis brazos. Los últimos segundos del sueño están llenos de tortuosos apuros demasiado extraños y numerosos para recordarlos. Toda la historia deviene rápidamente en algo absurdo, e incluso en sueños sé que debo despertarme de esta pesadilla, porque la fuerza que guía los sueños nunca se quiere arriesgar a ponerse de manifiesto. Está burlándose de sus propios mecanismos. Deja caer palabras extrañas e incoherentes, transformando la ilusión en una caricatura.

Abro los ojos y me doy cuenta de que tengo que ir al baño. ¡Vaya manera más enrevesada de hacer saber a una persona que tiene que orinar! Después regreso a la cama y me quedo echado sin moverme, asombrado de la tortuosidad del cerebro dormido. ¿Puede haber explicación para todo esto? ¿Hay alguna ley que rija las pesadillas? Una cosa es segura: este sueño se repite como el *leitmotiv* de una loca sinfonía.

Al rato me acuerdo de mi héroe, Morris Krakower. ¿Dónde lo dejé? Ah, sí, su silencioso oponente está tirando con más fuerza, y Morris tiene que ceder. Tan enfrascado está en el tira y afloja que durante un momento se ha olvidado de su miedo. De repente, el otro ser deja de tirar de la manta y Morris Krakower percibe una silueta. Se da cuenta de que la aparición solo trataba de llamar su atención.

No lejos de él, a los pies de la cama, se encuentra el camarada Damschak, que hace algunos años viajó a la Rusia soviética, publicó allí varias furiosas invectivas en las que acusaba a varios escritores de ser trotskistas y luego desapareció. El rostro es el de Damschak, pero el cuerpo es como si estuviera disecado, como los cadáveres que se usan en las clases de anatomía de la

Facultad de Medicina. Los músculos y los vasos sanguíneos están al descubierto. Brillan con su propia luz fosforescente. Morris Krakower está tan estupefacto que vuelve a olvidarse de su miedo. La aparición se desvanece lentamente ante su mirada atónita. Durante unos pocos minutos solamente persiste algo parecido a una membrana o a una tenue tracería, no del todo allí pero tampoco desaparecida completamente. Pronto incluso esta tracería se deshace.

Morris Krakower se queda inmóvil durante lo que parecen minutos o tal vez segundos (¿quién puede medir el tiempo en tales circunstancias?). Luego extiende la mano hacia la lámpara y la enciende. El miedo ha quedado atrás. Recoge la manta, que se ha caído casi completamente de la cama. Sabe con una íntima certeza que ahora le dejará en paz. No era más que la manera del camarada Damschak de obligarle a prestar atención a su fantasma.

¿Pero cómo? ¿Y por qué? ¿Qué entender de todo esto? Desafía toda explicación científica. Como un trozo de comida atascado en la garganta, que no puede tragarse ni expulsarse por mucho que uno tosa, en la cabeza de Morris ha surgido una pregunta que no puede responderse ni pasarse por alto. Su cerebro se paraliza. Que él recuerde, es la primera vez que se ha quedado sin ninguna idea, como si su mente estuviera flotando en el vacío. Tiene frío, pero no se tapa. Solo tiene una esperanza: que no haya sido más que un sueño. Pero algo le dice que es capaz de percibir la diferencia entre el sueño y la realidad. Echa un vistazo al reloj en la mesilla: son las tres y cuarto. Se acerca el reloj al oído y escucha el funcionamiento de su mecanismo interno. Por la calle pasa un tranvía y alcanza a oír el chirrido de las ruedas. La realidad sigue estando ahí fuera.

Durante un buen rato, Morris se queda sentado en la cama sin una sola idea, sin una sola teoría: un leninista que acaba de ver un fantasma. Luego se tumba, se tapa, y apoya la cabeza sobre la almohada. No se atreve a apagar la luz, pero cierra los ojos.

«En fin, ¿qué se hace en una situación así?», se pregunta, y no es capaz de dar con una respuesta. Se queda dormido, y al volver a despertarse sabe la respuesta: todo fue un sueño. En caso contrario, él, Morris Krakower, tendría que renunciar a todo: al comunismo, al ateísmo, al materialismo, al Partido, a todas sus convicciones y responsabilidades. ¿Y qué haría entonces? ¿Convertirse a la religión? ¿Rezar en la sinagoga? Son cosas que un hombre no debe reconocer, ni siquiera ante sí mismo. Hay secretos que uno ha de llevarse consigo a la tumba.

Una cosa está clara: el verdadero Damschak no estaba aquí, porque su cuerpo está en Rusia. Lo que Morris vio fue una imagen mental que por alguna razón decidió formar su cerebro. Quizás porque Morris y Damschak fueron buenos amigos, y aún no ha hecho las paces con el hecho de que Damschak lo traicionara en Rusia. Es posible soñar mientras se está despierto.

Morris Krakower vuelve a dormirse. Por la mañana, cuando sube las persianas, el sol baña de luz la habitación. El día de invierno es tan brillante como si fuera verano. Morris revisa la manta. Encuentra las marcas que sus dedos han dejado en el tejido. Parece estar deshilachado en algunos sitios. ¿Y qué prueba esto? No hay duda de que tiró de la manta. Pero el otro extremo de la misma no muestra ninguna señal de lucha. El fantasma no ha dejado rastro.

El breve discurso que el camarada Krakower pronuncia esa tarde carece de la lógica, la seguridad y la soltura del que pronunció el día anterior. Tartamudea de vez en cuando; se equivoca. No deja de quitarse y volver a colocarse los quevedos sobre la nariz. La esencia de su discurso es que actualmente solo existe un partido revolucionario: el Partido Comunista. El órgano principal del Partido es el Comité Central, su secretariado. Dudar del partido es dudar de Marx, Lenin, Stalin, del triunfo definitivo del proletariado: en otras palabras, pasarse al bando del capitalismo, el imperialismo, el fascismo, la religión, la superstición.

EL HUÉSPED

Desde fuera llegaba el estruendo de un camión que no conseguía arrancar. Traqueteaba y jadeaba como si su alma metálica estuviera a punto de expirar. Los niños jugaban al béisbol y gritaban como locos. El aire que entraba por la ventana abierta olía a gasolina, a cebolletas y a los primeros días del verano. En torno a la luz del techo se arremolinaba un enjambre de moscas con un zumbido monótono. Por la ventana, adornada de cortinas holandesas, entró una mariposa y se posó en la mesa. Se quedó inmóvil, las alas plegadas, esperando con la calma fantástica de las criaturas cuya vida no dura más que un breve instante. Reb Berish Zhichliner, vestido con un manto de oración y unas filacterias, había ya terminado las plegarias de rigor, pero continuó entonando otras súplicas, aquellas que solo repiten los muy piadosos y los que disponen de mucho tiempo.

La barba de Reb Berish era blanca y la cara roja. Tenía cejas pobladas y bolsas dobles bajo los ojos. Habían pasado solamente dos años desde que se había jubilado de su negocio de retales. Durante cuarenta años llevó una carretilla por el Lower East Side y también por aquí, en Williamsburg. Había perdido a su esposa, a su hijo y a una hija mientras tanto. Otra hija vivía con un marido gentil en alguna parte de California. Nada le quedaba a Reb Berish salvo la pensión, una tumba en el cementerio que pertenecía a la Sociedad Sochaczew y un apartamento en la calle Clymer. Para no vivir solo, había acogido como huésped a un refugiado, un hombre que había sobrevivido a los campos, pasado una temporada en la Rusia soviética y después deambulado por medio mundo. Su nombre era Morris Melnik. Le pagaba quince dólares de alquiler todos los meses. En aquel instante todavía dormía en su habitación, que tenía una ventana que daba a la escalera de incendios.

Reb Berish lo había acogido movido más por la lástima que por los quince dólares. Morris Melnik lo había perdido todo: a sus padres, a sus hermanas y hermanos, a su esposa y a su hijo. Aun así, Reb Berish se arrepentía de haberle abierto su casa. Melnik era un insolente y un descreído, un libertino, una criatura obstinada. Hacía el payaso con las mujeres del vecindario. Mezclaba carne y leche en la misma comida. Volvía a casa a las dos de la madrugada y dormía hasta casi el mediodía. No rezaba, no respetaba el *sabbat*. En el instante en que Reb Berish empezó a entonar los Trece Principios de la Fe, Melnik entró en la habitación: un hombrecillo de rostro cetrino, como afectado de ictericia, y con unos pocos mechones aislados de pelo negro y gris que le coronaban la cabeza. Llevaba puestos un pijama rojo y unas zapatillas raídas. Aún no se había afeitado y en las mejillas hundidas tenía unas sombras negras. El mentón era puntiagudo, la nariz delgada y huesuda. Sus ojillos se ocultaban tras unas largas pestañas afiladas como agujas. A Reb Berish le recordaba a un erizo. Cuando abría la boca, exhibía una hilera de dientes repleta de empastes de oro.

—¿Todavía rezando, Reb Berish? —preguntó.

—Pues...

—¿A quién le reza? ¿Al Dios que hizo a Hitler y le otorgó la capacidad de asesinar a seis millones de judíos? ¿O quizás al Dios que creó a Stalin y le permitió liquidar a otros diez millones de víctimas? En serio, Reb Berish, no va a conseguir engatusar al Señor del Universo con un par de filacterias. Es un hijo de puta de primera categoría y un terrible antisemita.

—*Pfui* —contestó Reb Berish con una mueca—. Márchese.

—¿Hasta cuándo vamos a seguir llorándole y cantando salmos? —prosiguió Melnik—. He visto con mis propios ojos cómo arrojaban a un judío con un manto de oración y unas filacterias a una zanja llena de mierda. Literalmente.

La cara roja de Reb Berish enrojeció aún más. Se apresuró a acabar los artículos del credo para poder contestar a su huésped.

—Tengo una fe absoluta en que se producirá una resurrección de los muertos en el momento en que así lo disponga el Creador. Bendito sea Su nombre, y glorificada sea Su conmemoración por los siglos de los siglos —murmuró.

Cerró el libro de oraciones, pero dejó dentro el dedo índice para poder volver a abrirlo por el mismo punto después de contestar a Melnik como se merecía. Suspiró y rezongó.

—¿Puede dejar de blasfemar? Yo no le digo cómo se tiene que comportar y usted no intente darme lecciones. Viera usted lo que viera, el Todopoderoso sigue siendo un Dios misericordioso. Desconocemos Sus propósitos. Si Lo conociéramos, seríamos como Él. Se nos ha otorgado el libre albedrío, y eso es todo. Quienes arrojaron a la inmundicia a ese judío, cuya alma bendita descansará en el Trono Celestial, nunca dejarán la gehena.

—Tonterías. Palabras vacías. ¿Dónde está su alma? No existe el alma, Reb Berish. La inventaron unos holgazanes en la casa de estudios. Había en Rusia un tal profesor Pavlov, y era el peor de todos. Todo un pez gordo, como dicen aquí. Extirpó el cerebro de un perro y no halló allí alma alguna. Un cerebro es una máquina, exactamente igual que en un autómata. Metes tres centavos y te devuelve un bocadillo. A la máquina no le hacen falta tus centavos. Puedes meterle fichas de madera. Lo fabricaron así, eso es todo.

—Está comparando a un hombre santo con un perro o un autómata. Debería avergonzarse, señor Melnik. Una máquina es una máquina, y el hombre fue creado a imagen de Dios.

—¡A imagen de Dios! Estuve en la cárcel de Moscú en una celda con el rabino de Bludnov. Durante siete semanas estuvimos juntos, y en todo ese tiempo no hizo más que una cosa: estudiar la Torá. Padecía hemorroides y cuando se sentaba en el orinal sangraba como un animal. En medio de la noche lo despertaban y se lo llevaban para interrogarlo. Yo alcanzaba a oír sus gritos y cuando regresaba era incapaz de andar. Lo metían de un empujón a la celda y se desplomaba en el suelo. Le reanimábamos como mejor podíamos. Tras siete semanas de tortura se lo llevaron una noche para fusilarlo.

—¿Se quejó entonces de la injusticia de Dios?

—No, siguió siendo un creyente hasta su último aliento.

Reb Berish hizo una mueca y se frotó la frente.

—Cuando se otorga libre albedrío, se otorga libre albedrío. Significa que los malvados tienen la capacidad de hacer maldades a su antojo. ¿No otorga el Gobierno aquí en la tierra libertad de decisión? Un gánster puede asesinar, asaltar, robar hasta que lo atrapan. Pero cuando lo atrapan recibe su merecido.

—Los nazis no recibieron su merecido, Reb Berish. Estuve en Múnich tras la guerra. Estaban todos allí, sentados en una enorme cervecería, colorados y gordos como cerdos, trasegando cerveza y cantando canciones nazis como desatados. Alardeaban abiertamente de la cantidad de judíos que habían quemado, gaseado, enterrado vivos, y de a cuántas chicas judías habían violado. Tendría que haber oído cómo se reían. América les enviaba miles de millones de dólares y se llenaban el gaznate de *bayerisches* y se zampaban sus *weisswurst*. Las panzas casi les reventaban de placer. Cuando entré y se dieron cuenta de que era judío se pusieron como bestias. Querían acabar conmigo allí mismo.

—¿Por qué entró en un sitio como ese?

—Tenía una novia alemana. Yo me dedicaba al contrabando de oro y ella lo escondía. Trabajábamos, como se dice, al cincuenta por ciento. Y teníamos además otros negocios.

—*Pfui*, no es usted mejor que ellos.

—¿Qué podía hacer? Las chicas judías estaban todas enfermas y amargadas. Si te acostabas con ellas no hacían más que quejarse hasta que te reventaban los oídos. Todo lo que querían era casarse y sentar la cabeza. No era mi caso. Con una chica alemana tenías lo que querías y sin jaleos. A cambio de un paquete de cigarrillos americanos podía ser tuya la viuda de Himmler.

—Hágame un favor y cállese. Si no va a dejarme rezar en paz, tenga la bondad de irse de esta casa. No hacemos buena pareja.

—No me regañe, Reb Berish. Por lo que a mí respecta, como si reza desde que amanece hasta que se pone el sol. Siga adulando a Dios, dígale lo fabuloso que es, lo bueno, lo misericordioso que es, y le preparará un segundo Hitler. Ya lo están preparando. América les está enviando aviones. Un día les entregarán también la bomba atómica. Con sus impuestos, Reb Berish, se está rearmando Alemania. Esa es la verdad.

Reb Berish se agarró la barba.

—Eso no es aún del todo verdad. Por favor, vuelva a su habitación y déjeme continuar con mis oraciones.

—Continúe, continúe. Si alguien se molesta, que se lo haga mirar.

Tras las oraciones, Reb Berish empezó a trastear en la cocina y a prepararse el desayuno. Se trataba en realidad de una combinación de desayuno y almuerzo, porque Reb Berish solamente comía dos veces al día. Trasteaba y suspiraba. El médico le había prohibido todo lo que le gustaba: sal, pimienta, chucrut, rábanos, mostaza, arenques, encurtidos, hasta la mantequilla y la crema agria. ¿Qué le quedaba? Tostadas con requesón y una taza de té poco cargada. Podía haber comido espinacas o coliflor, pero nunca se acostumbraría a esa clase de comida. Incluso la fruta en América carecía del viejo sabor casero. La verdad era que desde que su esposa, Feige Malke, falleciera, todo había perdido su sabor y su sentido: irse a la cama, levantarse por la mañana, recibir un cheque del Tío Sam, incluso los *sabbats* y los días sagrados. Reb Berish había tomado muchas veces la decisión de no volver a conversar con su huésped, el charlatán que las había pasado canutas y seguía sin ser buena persona. Pero sentarse a solas en la mesa resultaba también difícil. De algún modo las duras palabras de este huésped gruñón habían ocupado el lugar de la cebolla, el rábano picante, el ajo o un vaso de vodka. Hacían que el corazón le latiera más deprisa, le calentaban la sangre en las venas.

—Oiga, señor Melnik, venga y tómese una taza de té —gritó Reb Berish.

Melnik apareció inmediatamente en la puerta. Se había peinado el pelo sobre la calva y se lo había embadurnado de gomina. Se había puesto una camisa rosa, una corbata amarilla con lunares negros, un par de pantalones militares color caqui y unos zapatos militares que podían comprarse por poco dinero. En el dedo anular de la mano izquierda lucía un anillo grabado con un rubí, y alrededor de la muñeca, un reloj con una correa de oro. En el bolsillo de la camisa tenía tres estilográficas y dos lápices con capuchones de plata. Tras el afeitado y el baño parecía en cierto sentido más joven. Las bolsas bajo los ojos se le habían alisado. Los ojos se habían vuelto más claros. Reb Berish lo miró asombrado.

—Venga, tome algo.

—Vamos a ver, ¿qué voy a tomar? Si hubiera preparado una mesa como esta en los campos otra cosita habría sido. Fui testigo de cómo asesinaron a un judío por haber robado una patata. Era pariente mío. En nuestro campo había un tipo que tenía una tienda. Ya se puede imaginar cómo era la tienda. Guardaba sus productos en el catre en el que dormía. Si le hubieran atrapado le habrían fusilado de inmediato. Habría tenido suerte de que le fusilaran. Probablemente le hubieran torturado. Pero los negocios son los negocios. He visto a judíos sufrir el martirio de los negocios. Así ocurrió en los guetos, así ocurrió en Rusia. Por culpa de unos pocos carretes de hilo y una docena de agujas condenaban a muerte a la gente. En los campos, estos comerciantes guardaban unas pocas hojas de repollo, algunas mondas de patata y algunos rábanos silvestres: ese era su negocio. Pero el hambre es dura. En los campos rusos la gente enfermaba de escorbuto por falta de vitaminas. Uno se muere por estas enfermedades de repente. Lo presencié una vez.

—Aguarde un momento, señor Melnik. Será mejor que coja una rebanada de pan con queso. Cómase unas cerezas.

—Gracias. Estaba echado en mi catre una noche de invierno, en medio de un campo en Kazajistán, mientras hablaba con mi vecino del catre de enfrente. Hacía tanto frío que el agua del cubo se había helado. Para taparnos usábamos todos nuestros andrajos.

Fuera la helada era terrible. Estábamos hambrientos además, pero hablábamos. ¿De qué hablábamos? De las esposas y los hijos que estaban con los alemanes, y sobre los viejos tiempos, y de qué haríamos cuando volviera la paz. Íbamos a hacer una sola cosa: comer. Nos imaginábamos todos los asados y pasteles que nos zamparíamos, la sopa de pollo con fideos, el *kishka*, las cebollas en grasa de pollo, los *schnitzels* y las chuletas. Hubo un instante de silencio. Luego le pregunté a mi vecino algo, pero no contestó. Me pregunté si se habría quedado dormido. Y escuché. Normalmente roncaba, porque tenía pólipos en la nariz, pero ahora estaba extrañamente silencioso. Me deslicé del catre para echar un vistazo. Estaba muerto. Estaba hablando, y al segundo siguiente estaba muerto.

—Terrible, terrible.

—¿De qué se lamenta? Así es la humanidad, la joya de la creación. Mi teoría es que todos los hombres son nazis. ¿Qué derecho tenemos para asesinar un ternero y comérnoslo? Quien tiene el cuchillo corta el melón. Es exactamente lo que creía Hitler: el poder es la razón. Y en cuanto a Dios, es el más nazi de entre los nazis. El archihitleriano. Tiene más poder que nadie, así que tortura a todo el mundo. Ya ve, no soy un no creyente. La gehena existe, claro que sí. ¿Por qué la gente iba a sufrir solamente en la tierra? Son torturados en la otra vida también. Dios tiene su propio Treblinka, con demonios, trasgos, diablos y ángeles de la muerte. Queman a los pobres pecadores o los cuelgan de la lengua o de los pechos. Todos los detalles están ahí, en «La vara del castigo». Pero el paraíso no existe. En todo lo que tiene que ver con la muerte soy un verdadero hereje.

Reb Berish dejó de masticar.

—¿Por qué iba el Creador del mundo a ser tan cruel?

—¿Por que no iba a serlo? Tiene el palo más grande, así que lo usa. Nos ha dado una Torá, que nadie es capaz de seguir. Cualquier rabino de tres al cuarto decide añadir nuevas leyes, y si rompes una de estas leyes te reencarnas en serpiente. Los cristianos mantienen que Dios no fue capaz de redimir a la humanidad hasta que dejó morir a su único hijo en la cruz. De una forma u otra, todo lo que exige es sangre.

—Será mejor que coma algo. Tanto hablar no conduce más que al pecado.

—No hago más que comer. Es lo único que me queda. Las mujeres aquí, en América, no son decentes. La verdad es que no quedan mujeres decentes en ningún lado. En mi época existían todavía algunas esposas fieles. Hoy en día esa especie ha desaparecido del todo. Si hubiera visto lo que yo he visto, la barba se le habría teñido otra vez de negro.

—No quiero saberlo.

—No estoy hablando de los campos. En ellos una mujer no podía evitarlo. Cuando uno teme por su propia vida hace lo que sea. Una vez escuché a una madre persuadir a su hija de que se entregara a un ucraniano sarnoso porque este podía echarle más avena al cuenco de sopa. Terminó haciéndolo y, cuando los nazis se enteraron, los mataron a los tres. Historias como esa ya no nos sorprendían: nos habíamos acostumbrado. Pero fui testigo de cosas aún peores. Después de que nos liberaran dejaron de forzarlas, pero seguían metidas en la mierda. Dormíamos tres familias en una habitación. En un rincón una mujer fornicaba con un aldeano, y en la otra esquina su hermana hacía lo propio. Habían perdido todo sentido de la vergüenza. Se despiojaban juntas y fornicaban juntas. A una le gustaba hacerlo a la luz de las velas.

—¿Es que no se va a callar? Le advierto por última vez.

—¿Tiene miedo a la verdad?

—Esto no es la verdad. El pecado se parece a la espuma. Cuando viertes cerveza en un vaso imaginas que está lleno, pero dos tercios son solo espuma. Cuando la espuma se disuelve, solo queda un tercio del vaso. Lo mismo es cierto para los pecados. Estallan como burbujas.

—Bien dicho. ¿Es una idea suya?

—Se la escuché a nuestro rabino.

—Bonita frase, pero yo digo que es todo basura. Nada es real salvo la basura. Su rabino también es basura. Tras su barba y sus rizos y el manto con flecos se esconde un hombre que ama a las mujeres, y si no estuviera casado con una mujer atractiva recurriría a las putas.

—¡Canalla! ¡Traidor de Israel!

—Canalla, canalla. No digo que sea un santo. Hago lo que puedo. ¿Qué es lo que quiere que haga? Por cierto, ¿por qué no vuelve a casarse? Todavía está bien de salud. Yo no le dejaría a solas con una mujer gentil ni un minuto.

Reb Berish gruñó. Apoyó un puño sobre la mesa. Con la otra mano se limpió las migas de la barba.

—¡Tonterías! No hace más que soltar atrocidades sobre las mujeres, pero mi Feige Malke, que en paz descanse, era una mujer piadosa. No osaba siquiera mirar a otro hombre. Era exactamente igual que mi madre y mi abuela. ¿Qué sabe usted, joven, sobre la decencia de las mujeres en los viejos tiempos? En Varsovia los asesinos ahorcaron a una mujer importante, la esposa de un anciano, una mujer angelical. Mientras la arrastraban al patíbulo temía que el vestido se le subiera por encima de las rodillas y la expusiera al escarnio. Así que se cogió el vestido con un alfiler, clavándoselo en la pierna, y así es como la ahorcaron.

—¿Estuvo usted presente?

—Otros sí lo estuvieron. Mi tía Deborah se quedó viuda a los veintitrés y nunca volvió a casarse. Le propusieron matrimonio con un hombre muy rico, pero dijo: «Quiero seguir siendo pura cuando me reúna con mi Zorach en el paraíso».

—¿Y cree que ella está allí con él?

—Por supuesto.

—Zorach no está allí, ni ella tampoco. Nada queda de ellos salvo un montón de polvo. Sufrió en vano: palabra de Morris Melnik. En nuestra ciudad había un hombre rico, Reb Zadok, un erudito. Murió y le dejó a su viuda una gran fortuna. Exactamente medio año después, se casó con un carnicero ignorante llamado Chazkele Scab. Se había enamorado de él en la carnicería.

—Bueno, todo es posible.

—Todo está podrido.

Morris Melnik se quedó en silencio. Alzó una cucharilla y trató de dejarla en equilibrio sobre el borde de un plato. La cucharilla tembló, inclinándose hacia el extremo del mango, y Morris Melnik echó rápidamente una pizca de sal en la cavidad de la cuchara para equilibrarla. Se mordió el labio inferior y abrió un ojo de par en par. El otro lo cerró, como en un guiño. Parecía haber decidido que la forma en que cayera la cuchara sería un augurio de cómo estaban las cosas en el mundo.

Reb Berish sacudió la cabeza, como si estuviera de acuerdo con una antigua verdad que, aunque uno pudiera poner en duda, podría aún hacer desesperar al hombre. Luego se cogió un mechón de la barba y lo examinó, como si quisiera cerciorarse de que efectivamente había encanecido. Luego dijo:

—Cuando un gusano queda sepultado por la basura, ¿cómo puede saber que existen mansiones, palacios, jardines? Tenemos un proverbio: los chinches en la pared no van a los bailes. No hace usted más que parlotear sobre la tierra, pero existe un cielo con estrellas, constelaciones, emanaciones. Existen los ángeles, los serafines, los querubines, los carros celestiales. En comparación con ellos, nuestro pequeño mundo no es más que una mota de polvo, o ni siquiera. Existen algunas chispas sagradas, pero están escondidas. Hasta en el barro a veces se encuentra un diamante. En medio de esta inmundicia, existe un Baal Shem, un rabino Elimelech, un Berditchever, un Kotzker. ¿De dónde han salido? Mi propio abuelo Reb Chaim era un santo. Durante cincuenta años ayunó todos los lunes y jueves. Se levantaba sin falta a media noche para lamentar la destrucción del templo, en verano lo mismo que en invierno. Entregó su último penique a la caridad. Lo vi con mis propios ojos.

Reb Berish empezó a golpearse el pecho, que cubría un manto con flecos. El rostro se le encendió aún más, le temblaba la barba. Luego prosiguió:

—Está usted confundido, señor Melnik. Sin embargo, no se puede juzgar a un hombre en medio de su sufrimiento. Voy a bendecir la mesa.

Tomó un vaso, vertió algo de agua sobre sus manos y se las secó en el mantel. Empezó a recitar en voz alta.

—Bendito seas, Dios nuestro Señor, Rey del Universo, que provees de alimento al mundo entero con Su Bondad, con Gracia, con Misericordia...

En ese preciso momento la cucharilla cayó en el plato. Los ojos cetrinos de Morris Melnik sonrieron. Se levantó y se dirigió a la puerta.

—En fin, supongo que será mejor que vaya a ver qué hacen las mujeres —se dijo.

EL ÚLTIMO REGALO

El mismo día en que me mudé al pequeño apartamento de Bal Harbour me hablaron de mi vecina, Priscilla Levy Clark, una millonaria de más de ochenta años, cuatro veces viuda y tres veces divorciada. Ocupaba dos apartamentos de la parte delantera y tenía a su servicio a dos doncellas y a una enfermera, una de cuyas tareas era pasear a la perrita de Priscilla, Snooky, una caniche. Pese a que rara vez hace frío por estos lares, Snooky tenía su propio abrigo de chinchilla y unos botines de piel de cocodrilo. Su collar de oro estaba incrustado de perlas.

Pasaron meses antes de que pudiera conocer a mi acaudalada vecina; sufría de artritis y rara vez salía de casa. Pero un día me invitó a hacerle una visita. Por lo visto había leído una de mis historias en una revista. Subí exactamente dos escalones a mi izquierda y una doncella negra ya me esperaba sosteniendo la puerta abierta ante mí.

Me recibió una mujer anciana: pequeña, delgada, con una rala cabellera teñida de naranja y un rostro enjuto que era un batiburrillo de colorete, polvos y rímel. Llevaba puesto un kimono bordado de oro y en sus muñecas esqueléticas unas pulseras de las que colgaban numerosos dijes en una sinfonía de cascabeleos y tintineos. Priscilla Levy Clark tenía acento sureño y hablaba con una voz fina y envejecida. Extendió una manita huesuda y sus uñas afiladas y sus elaborados anillos me arañaron los dedos. Me indicó que me sentara a su lado para que pudiera oírme mejor con su audífono y dijo:

—Su relato me hizo evocar algo que había asumido que había perdido para siempre. Es el caso de mis ojos, desafortunadamente, ya no puedo leer, pero la buena de Mary Ann me hace de lectora. A ella también le encanta la literatura. Ya la ve, está esperando impacientemente a poder decirle cuánto…

Tras regalarme los oídos con sus cumplidos, Mary Ann se fue a buscar licor y galletas. El salón estaba sobrecargado de objetos, todos antigüedades; las paredes densamente cubiertas de viejas pinturas; el suelo tapizado con dos capas de alfombras orientales. Aunque el aire acondicionado estaba encendido, el aroma mohoso de la vejez impregnaba el apartamento. Priscilla dijo:

—Diría que es usted de Rusia o de Polonia. Mi familia vino de Alemania hace siglos. Mi bisabuelo, David Levy, no se dedicó a la venta ambulante con un fardo sobre los hombros como los demás inmigrantes. Era de profesión fabricante de sillas de montar y no se estableció en Nueva York o en Filadelfia, sino en Nueva Orleans. Durante la Guerra Civil se alistó en el Ejército Confederado y se las arregló para ascender al rango de oficial, lo que no es poca cosa para un judío. Se hizo rico y fue elegido presidente de una sinagoga. Gran parte de nuestra familia se convirtió más tarde, pero yo he seguido siendo judía, aunque lo cierto es que no soy religiosa. Mi abuela materna era de Fráncfort, y de su boca escuché historias similares a las que usted cuenta...

No me dejó marcharme hasta que no me hubo enseñado sus tesoros. En algunas de las habitaciones los objetos se amontonaban hasta llegar al techo. Me dijo que lo que veía era solamente una parte de sus posesiones. Tenía dos casas más —una en Atlanta, la otra en Nueva Orleans—, ambas llenas de raros objetos, además de un apartamento en Park Avenue, en Nueva York, donde no pasaba más de dos semanas al año. Durante los dos últimos años ni siquiera había puesto un pie en Nueva York.

—Me avergüenza decirlo, pero tengo la suerte —o tal vez se trate de un defecto de mi carácter— de haber estado casada siete veces y que cuatro de mis maridos me dejaran un dinero que se sumó al que heredé de mis padres, varias tías y un primo. Tengo ahora una edad en la que una ya no puede disfrutar de demasiadas cosas, pero sigo conservando la pasión por adquirirlas. Cuando veo un objeto raro, algo dentro de mí da un respingo. Me digo a menudo que es absurdo, vanidad de vanidades, pero mientras el corazón siga latiendo —aunque sea a base de pastillas e inyecciones— y mientras los ojos sigan viendo —aunque sea a través de una neblina— una no está muerta. Me pasé años escribiendo testamentos y añadiendo codicilos, pero me he convencido de que una vez pones un pie en la tumba, los demás harán con tu patrimonio lo que les plazca, sin seguir ninguna instrucción escrita en un papel. El resultado es que lo he descuidado todo. Ya no sé lo que tengo, ni me preocupa saberlo. Tengo una hija en California y lleva cuarenta años peleándose conmigo porque presuntamente fui injusta con su padre. Tiene ya sesenta años y es viuda. Me roban y no puedo hacer nada al respecto. El día de mañana puede que haya un incendio o una inundación. Todo lo que busco son formas de posponer la muerte otro año o dos. Envidio a los escritores. Lo que crean permanece... si es de algún valor.

—No necesariamente.

—Bueno, no hay garantías. ¿Puedo preguntarle algo?

—Sí, por supuesto.

—¿Es usted religioso? De lo que le he leído, es difícil de determinar.

—Sí, pero no en el sentido habitual.

—¿No pertenece a una sinagoga?

—No.

—¿En qué consiste entonces su religión?

—Ah, no creo que el universo sea producto de un accidente físico o químico. Tampoco creo que el universo esté ciego o muerto.

—¿Así que todo está vivo?

—Todo lo que existe, sí.

—¿Qué consuelo encuentra en semejante convicción?

—Ninguno en absoluto.

—Bueno, ha sido un honor y un placer. Le ofrecería alguna clase de regalo si supiera que le interesan las cosas bonitas.

—Sinceramente, señora, tengo ya demasiadas cosas. He acumulado tantos libros, cartas, incluso manuscritos, que ya no me queda espacio alguno en mi pequeño apartamento.

—Bueno, hoy en día todo el mundo tiene demasiado de todo, hasta los pordioseros. Incluso los ladrones se han vuelto exigentes. Solo aceptan dinero en billetes grandes y no quieren ni oír hablar de calderilla. Pero en mi caso, cuando me topo con algo interesante o único, siento que me invade un impulso. Probablemente en el edificio se hayan inventado toda clase de calumnias contra mí, pero soy incapaz de pasarme el día sentada con esas chismosas parloteando sobre nada. El día que las personas o los objetos dejen de interesarme llamaré al sepulturero para que venga a buscarme.

Aunque vivía solamente a una puerta de Priscilla Levy Clark, pasaron semanas y meses sin que volviera a verla. Sin embargo coincidía con frecuencia con sus sirvientas en el pasillo o el ascensor. Snooky se había negado a caminar y la enfermera no tenía más remedio que llevarla en brazos. Muy a menudo el portero traía paquetes, cajas e incluso baúles a la puerta de al lado. Mary Ann me contó que en el pasado Priscilla solía acudir a exposiciones y subastas, pero que últimamente lo compraba todo por catálogo.

Como todos los años a principios de abril, dejé mi apartamento al cuidado del conserje y regresé a Nueva York. Podría haberlo alquilado, como hacían otros, a los sudamericanos que venían a pasar el verano en Florida para «refrescarse», pero este apartamento representaba mi único lujo y no quería extraños en él. Se suponía que volvería en noviembre, pero dio la casualidad de que justo entonces tuve que hacer un viaje a Europa e Israel y no regresé hasta enero.

En el minibús que me llevaba del aeropuerto a Bal Harbour coincidí con un vecino del condominio, un paisano de Varsovia, el señor Sam Prager, que me dio algunas malas noticias. Varios hombres y mujeres del edificio habían fallecido; otros estaban en el hospital. De golpe me preguntó:

—¿Se ha enterado de lo que le pasó a Priscilla?

—No. ¿El qué?

—Oh, es gracioso. Trágico también. En realidad es una cosa increíble. Al poco de marcharse usted, se presentó un masajista, un tipo enorme, de más de metro ochenta. Supuestamente lo había mandado el médico que la trataba de su artritis. De repente, corrió la noticia de que Priscilla estaba a punto de casarse con él. Para las mujeres que se quedan en verano sin un solo chisme que comentar, dado que todas las que llegan son hispanas, fue como un regalo caído del cielo. Ella, una mujer de ochenta años, y él, un gigante, un nadador, un bebedor, un gentil. Al parecer ella se había vuelto completamente senil. Antes jamás iba a la playa o siquiera a la piscina; de repente aparece con este tipo ¡y encima enfundada en un bikini! Yo no estaba, pero me lo han contado. Las mujeres no sabían si reír o llorar. Todo el mundo dedujo inmediatamente que había caído en las garras de un gánster y quisieron advertirla, pero alguien apuntó que era probable que tuviera conexiones con la mafia y nadie quiere tener nada que ver con ellos. Priscilla tenía un abogado en Miami y nunca daba un paso sin consultarle, pero dio la casualidad de que estaba en Europa. ¿Para qué alargarlo? El tipo la desplumó. Le puso delante algunos papeles y ella los firmó. Lo firmó todo. Supuestamente le había organizado una exposición de sus antigüedades. Llegaron unos camiones y se lo llevaron todo a esta «exposición». Dejaron literalmente limpios sus dos apartamentos. El tipo despidió a sus doncellas y la enfermera huyó por su cuenta. Vendió —o trató de vender— sus apartamentos, no estoy seguro de cuáles. Y después de dejarla sin nada desapareció. Se llevó hasta su última joya. No sé si alguien alguna vez habrá montado una estafa de semejantes proporciones. La policía lo anda buscando, pero se especula que andará por algún sitio de Brasil, sabe Dios dónde. No pudo haber hecho todo esto él solo. Tuvo que contar con ayuda de una banda. Cuando el abogado de Priscilla regresó y se enteró de lo que había hecho, montó un escándalo tremendo. Los periódicos se dieron un festín. Entretanto, su perra había muerto y la anciana cayó gravemente enferma y tuvieron que llevarla al hospital. No pasó allí mucho tiempo. Los jóvenes caen como moscas, pero ese vejestorio las pasó canutas y sobrevivió.

—¿Y ahora qué hace?

—¿Qué va a hacer? Sufre. Cuando por fin se dio cuenta de que le habían tomado el pelo, puso sobre aviso a su hija en California. Se presentó una anciana, una réplica de su madre. Quien no haya visto a estas dos una al lado de la otra no sabe lo rara que llega a ser la vida. Cuando descubrió que su madre había pretendido casarse con este estafador le escupió en la cara y se fue por donde había venido.

—Por lo visto Priscilla tiene casas en otras ciudades.

—Corre el rumor de que se ha quedado sin nada. El tipo hizo los trámites de manera completamente legal y correcta. Bueno, ya estamos en casa.

El minibús se detuvo y salimos. En el ascensor, Prager alcanzó a añadir:

—Un hombre no es más que su poquito de decencia. Cuando eso se echa a perder, más vale que te entierren.

Durante el tiempo que estuve fuera el conserje se había dedicado a apilar en mi vestíbulo un montón de libros, revistas y cartas que habían sido enviados a mi dirección de Florida. Al entrar se cayeron al suelo, pero no encendí las luces. Estaba demasiado cansado del viaje incluso para hojear el correo. Había volado de Israel a Los Ángeles, donde tenía una conferencia, y desde allí había ido directamente a Miami para evitar Nueva York y la molestia de las conferencias, las visitas y las reuniones con mi editorial y mis editores. Había decidido descansar un mínimo de dos semanas en Bal Harbour. En cuanto entré en el apartamento con mi equipaje, me tumbé en el sofá para echarme una siesta. No llegué ni siquiera a quitarme los zapatos.

Me quedé dormido y me despertó el timbre de la puerta. Había caído la noche. Fui a abrir la puerta y estuve a punto de tropezarme con las maletas. En el umbral estaba Priscilla. No la habría reconocido si no me hubieran contado lo que le había pasado. Parecía incluso más pequeña que antes. Se le había caído casi todo el pelo, de modo que varios cabellos blancos colgaban de su por lo demás calva cabeza. Bajo la luz del pasillo, el rostro enjuto tenía el tono amarillento de un cadáver. Tenía puestas unas zapatillas arrugadas y rozadas de color rosa. Dijo:

—No se alarme. No es un fantasma lo que tiene delante, sino a su vecina, Priscilla…

—Entre, entre.

La cogí del brazo, la acompañé hasta una silla y la ayudé a sentarse. Encendí las luces. Durante un buen rato se quedó allí recuperando el aliento, luego empezó a hablar con su melancólico hilo de voz:

—Perdone que le moleste. La mujer del conserje me dijo que había vuelto. ¿Quizás se haya enterado de lo que me sucedió?

—Sí, algo me han contado.

—Tengo ya un pie en la tumba. Quería verle antes de irme al otro mundo, y cuando me dijo que había vuelto no quise esperar hasta mañana y…

—No diga esas cosas. Dios aún puede ayudarla.

—No. Incluso si existe un Dios, no me he ganado Su ayuda. Vine porque le debo un regalo.

—¿Un regalo? No me debe nada.

—Sí. Cuando vino a verme aquella primera vez —¿cuándo fue eso? Hace ya casi un año— quise regalarle algo. En aquel momento aún tenía muchas cosas que regalar. Lo que me ha sucedido es como en el Libro de Job: vino un huracán y se lo llevó todo por delante. Leí ese libro una vez, de niña. Antes de que se fuera a Nueva York me regaló algunas de sus obras y, cuando me llevaron al hospital, me las llevé conmigo y decidí que si volvía a verle alguna vez, debía devolverle el regalo.

—De verdad, no tiene que regalarme nada. Miré cómo de lleno está ya el apartamento.

—Lo que quiero regalarle —o lo que puedo regalarle— no le va a quitar mucho más sitio. En cierto sentido es un regalo poco estético; en realidad, indigno de su talla. Le he dado vueltas mucho tiempo. Pero solo parecerá tal cosa si no conoce la historia que hay detrás de este regalo. Cuando sepa todos los detalles lo verá de una manera completamente diferente. Obviamente ya sabe que tengo mis defectos, una sangre maldita. No habría sufrido un final como este si no padeciera esta clase de envenenamiento. Puede que tenga algo que ver con la química de mi cuerpo. He probado con el psicoanálisis y otras terapias pero no han servido de nada. Solo tenía una esperanza: que la vejez de algún modo me calmara, pero llegué a los setenta, luego a los ochenta y estas ilusiones no se desvanecieron. Solo quedaba una salida: la muerte.

»Seré breve. Tuve la suerte de que mi tercer marido, Leslie Aberdam, me profesara el amor más profundo y exaltado que he conocido en mi vida. Desafortunadamente murió joven. De haber vivido tal vez me habría librado de algunas de las estupideces —llámelas si quiere crímenes— que cometí después contra otros y contra mí misma. Ante todo, deshonré a mis padres. Leslie era hijo de un millonario. Pero era rico por méritos propios, y me colmaba de regalos. Bastaba con que yo mencionara que algo me atraía para que saliera a comprármelo de inmediato. A menudo discutíamos sobre estas extravagancias. Me gustaban las joyas y las cosas bonitas, pero no quería que acabara arruinándose y crear una situación en la que su padre le desheredara. Nos esperaba una enorme herencia. A Leslie le gustaba fantasear con tesoros y con todas las cosas que me compraría cuando se hiciera tan rico como John Rockefeller o el Aga Khan: el padre, me refiero. Todas estas vacías fantasías se convirtieron en algo parecido a una enfermedad en su caso. Una vez me preguntó: «¿Qué querrías si de repente tuviera mil millones de dólares?». Dio la casualidad de que yo estaba de un humor un poco tonto y le respondí: «Un retrete hecho de jade». Me olvidé de mi respuesta enseguida. Después de todo, ¡las cosas que se dicen las parejas jóvenes!... Pasaron algunos meses. Un día llegó un enorme paquete a mi nombre desde Londres y cuando lo abrí, para mi sorpresa y disgusto, me encontré con un retrete hecho de jade. No sé a día de hoy cuánto pudo costarle algo así, cuántos miles de dólares o incluso libras. En lugar de alegrarme, enorgullecerme o temblar de gratitud como Leslie había anticipado, este gesto magnánimo suscitó mi desprecio y pronuncié palabras de las que me arrepentiré hasta el día en que me muera, que ya no está muy lejos.

—¿Puedo preguntarle que es lo que le dijo?

—¿Acaso importa? Le dije que tenía el alma de un esclavo.

—Ajá.

—Esto le hirió profundamente y estuvimos enfadados una buena temporada. Después hicimos las paces pero la herida nunca se curó. Su negocio empezó a ir cuesta abajo. Estoy convencida de que su enfermedad empezó en esa época. Las palabras pueden matar. Es algo que aprendí demasiado tarde. Yo era superficial y me gustaba llevar la contraria. No valoraba mi gran amor y nunca le di uso a este ridículo regalo. Quería olvidarlo, y así lo hice. Muchos muchos años después de su muerte, cuando me mudé aquí con mi último marido, se me ocurrió instalar el regalo de Leslie en el cuarto de baño, pero no cabía y lo guardé en un armario y no tardé en volver a olvidarme de él. Cuando el castigo que me estaba reservado finalmente cayó sobre mí y ese demonio, o Ángel de la Muerte, me quitó todo lo que tenía —literalmente perdí hasta la camisa— encontré el regalo de Leslie en el armario donde lo había guardado. Después de todo, ¿quién iba a imaginar que un retrete polvoriento tuviera algún valor? Mi querido amigo, quiero dejarle este regalo que una vez me hicieron como expresión del amor más exaltado, y que puede que sea todo lo que me queda de mis ilusiones. Se me ocurrió que tal vez podía llevármelo conmigo a la tumba como símbolo de su profunda admiración, ¡pero imagine el escándalo que causaría

51

semejante profanación de la muerte! Francamente, haría de mi funeral una farsa. Oh, no me queda más remedio que reírme...

Priscilla estalló en una carcajada fina y lastimera. De uno de sus ojos cayeron algunas lágrimas mientras el otro brillaba como una especie de vestigio de sus burlas juveniles ante la devoción de Leslie y su propia traición, y ante toda la institución que llamamos amor. En ese mismo instante, me di cuenta de la clase de persona que había sido y de la fuente de infame poder que había poseído.

Empecé a objetar que no podía aceptar este regalo y sugerí que, si se había quedado sin medios, tal vez pudiera venderlo en algún lado, pero en ese momento sonó el teléfono simultáneamente en mi cocina y en mi dormitorio. Durante un instante me debatí entre cogerlo en una u otra habitación y acto seguido corrí hacia el dormitorio. Estaba oscuro. Traté de encender la luz, pero no me acordaba de dónde estaba el interruptor. Esta vez estuve a punto de tropezar con una silla.

Era una llamada de mi editor. Uno de mis manuscritos tenía que entrar en imprenta antes de lo previsto y si quería ver las correcciones finales no me quedaba más remedio que viajar enseguida a Nueva York. Pero por si acaso llegaba demasiado tarde —en esta época del año a veces resultaba imposible conseguir un vuelo con tan poca antelación— el editor empezó a recitarme una serie de errores, contradicciones e incoherencias del texto, que corregiría en cuanto pudiera la mañana siguiente. En mi urgencia por arreglar estos fallos, que representaban un peligro potencial para mi carrera literaria, me olvidé completamente de mi invitada. Cuando, media hora después, regresé al cuarto donde la había dejado, ya se había ido a su casa. Llamé a la puerta pero no contestó.

Volé a Nueva York la mañana siguiente, y para cuando regresé a Bal Harbour ya era febrero. Priscilla Levy Clark había muerto. En su apartamento ahora vivían otras personas. Qué sucedió con el retrete de jade, nunca lo averigüé. ¿Había descubierto el nuevo inquilino que estaba hecho de jade y había hecho una fortuna con él? Quizás Priscilla lo hubiera vendido, o quizás lo robaron cuando se la llevaron al hospital.

Siempre que acudo a una tienda de antigüedades o asisto a una subasta, pienso que tal vez aparezca el retrete. Quién sabe: ¿quizás algún mendigo lo encontró en la basura, lo instaló en su cuarto de baño y no sabe que se sienta cada día sobre un tesoro? Para mí, este retrete se convirtió en un símbolo del amor sórdido, de la búsqueda de riqueza y de la pasión del engaño, y de todos los deseos, ambiciones y vanidades mundanas.

—Leslie Aberdam —murmuro—, no fuiste más esclavo que otros, y lo que dejaste en este mundo es más o menos lo mismo que dejaremos todos cuando la muerte venga a buscarnos.

EL REGALO DE LA MISNÁ

La puerta exterior estaba constantemente abriéndose y cerrándose; no dejaban de entrar y salir hombres y mujeres jóvenes. Los huérfanos de Naphtali habían convertido la casa en una cueva de malhechores. Sentado en un sillón inestable frente a una mesa destartalada cerca de la estufa, el viejo Reb Israel Walden, vestido con una túnica suelta con flecos rituales y una kipá, bebía té sin azúcar mientras leía enfrascado un tratado de la Misná. Este era su rincón, del que nadie podía echarlo. En un estante a su izquierda descansaban sus volúmenes de los Libros Sagrados, un legado de los viejos tiempos: la serie del Pentateuco con el comentario de *Luz de la vida*, copias de la Misná, tomos de *Las generaciones de Jacob Joseph*, *El principio de la sabiduría* y varios tratados talmúdicos. En efecto, ¿cuántas cosas necesita una persona? Uno podría cumplir con la obligación de estudiar las escrituras judías simplemente repitiendo regularmente una sola frase de la Biblia.

En esa casa no *kósher*, Reb Israel compartía solamente el pan y el té, que preparaba en su propia tetera sobre el pequeño hornillo. A cada tanto, Basheleh, su nieta, le compraba arenques y una cebolla o un rábano. En el *sabbat* o en otros días festivos el anciano asistía a los oficios que se celebraban en la Casa de Estudio Sochatchover, cuyo *shamash*, Reb Wolf, solía invitarle después a su casa.

De vez en cuando Reb Israel alzaba sus pobladas cejas y se quedaba mirando al resto de los ocupantes de la casa, aunque era consciente de que era un pecado, pues está prohibido mirar a la cara a los pecadores. Sin embargo, padecía de cataratas, y su visión era borrosa. Una niebla parecía envolver el sofá, la mesa, el ropero, a los gandules de cabeza descubierta, a las muchachas que fumaban con total descaro. Se reían, fumaban, recitaban poemas, jugaban a las cartas: actividades concebidas como tapadera en caso de redada policial. Su verdadero interés residía en celebrar reuniones políticas en las que se dedicaban a arreglar el mundo. Reb Israel captaba fragmentos de sus debates: *comité regional, comité central, derechistas, izquierdistas, trotskistas, funcionarios, Comintern.* No alcanzaba a entender del todo estos términos, pero su intención resultaba muy evidente: derrocar al Gobierno, alentar aquí en Polonia la misma insurrección que ya había tenido lugar en Rusia, cerrar las Casas de Estudio, prohibir el comercio, celebrar juicios populares a comerciantes y fabricantes y meter en la cárcel a los rabinos. ¿Y quiénes eran los líderes de estos rebeldes? Nada menos que los mismísimos nietos de Reb Israel: Basheleh, que llevaba el nombre de su virtuosa abuela Basya Kaila, y Asher Hayim, que llevaba el nombre del rabino de Jozefow.

Con ojos legañosos Reb Israel observaba pensativamente el baile de copos de nieve tras la ventana: las ráfagas, que ahora descendían, ahora ascendían, como si tras pensárselo mejor desearan regresar a su origen. El tejado al otro lado de la calle se había teñido de blanco. Los balcones estaban adornados con almohadones de pluma. La nieve arremolinada le hizo acordarse de los hace tiempo olvidados peregrinajes al rabino de Kotsk: trineos, posadas, ventisqueros infranqueables, cabañas aisladas por la nieve. Aunque la festividad del Janucá estaba aún lejos, la nariz de Reb Israel se vio inundada por los olores de las lámparas de aceite, de las mechas chamuscadas. Oyó una melodía sagrada en su interior. Se pasó los dedos por la frente arrugada mientras trataba de recordar la fecha del encendido de la primera lámpara de Janucá, y se acarició la barba que en su día había sido blanca pero ahora se estaba volviendo tan amarilla como su rostro apergaminado.

—Todo está bien —musitó Reb Israel—. Mientras el hombre tenga poder de decisión, Dios debe ocultar Su Rostro.

Tras lo cual retomó su estudio del tratado de Yoma:

Después llega el turno de lectura del sumo sacerdote. Si prefiere leer con las vestiduras de lino, puede hacerlo; de otro modo, lee con su propia vestimenta blanca. El oficial de la sinagoga saca un rollo de la Torá y lo coloca en las manos del presidente de la sinagoga; y el presidente se lo pasa al prefecto; y el prefecto se lo pasa al sumo sacerdote; y el sumo sacerdote lo recibe de pie y lo lee de pie. Y lee: «Tras la muerte» y «No obstante el décimo día»...

Después, Reb Israel hojeó el comentario de Abdías de Bertinoro, y los comentarios adicionales de Yom Tov. La letra era demasiado diminuta y debía recurrir a una lupa. Aunque había leído la Misná de principio a final más de una vez, cada vez que volvía a leerla parecía disfrutarla como si fuera nueva, igual que los antiguos israelitas al encontrar el maná en el desierto. Siempre se tropezaba con algún punto oscuro que de algún modo había pasado por alto las veces anteriores. Ahora, con la ceguera total —Dios no lo quiera— a punto de sobrevenirle, saboreaba particularmente cada palabra, dándole vueltas y vueltas. Las palabras de los sabios se le quedaban de este modo grabadas para siempre en la cabeza. Después de todo, ¿qué le quedaba aparte de la Misná? En su día bastante rico, Reb Israel Walden había perdido todas sus posesiones mundanas durante la Guerra Mundial. Había criado a un único hijo varón, Naphtali, y el tifus se lo había arrebatado. Su hija, Baila Tzirel, había emigrado a América y no había vuelto a saber de ella. Su mujer, Hannah Dvorah, había muerto en la mesa de operaciones de un quirófano. Reb Israel había apurado la copa de la miseria hasta las heces. Su negocio se vino abajo, su dinero se convirtió en papel, sus enseres domésticos y su ropa empezaron a deteriorarse, su salud empeoró rápidamente. De todo quedó nada: de todo salvo la Torá, la caridad y la oración. Puesto que su vejez ahora parecía ser una larga noche, al menos podría aprenderse de memoria la Misná.

Caía la tarde. Los cristales de la ventana cubiertos de escarcha reflejaban el crepúsculo. Los jóvenes se movían alrededor como sombras, con sus cigarrillos encendidos que brillaban en la oscuridad como señales ardientes. A Reb Israel le vencía el cansancio. Luchó por no hundirse en las profundidades de las que tal vez no podría regresar, volvió en sí con un respingo, y descubrió que alguien había encendido la luz. Trató de retomar sus estudios pero bajo la tenue iluminación las palabras del tratado resultaban borrosas. Reb Israel tenía siempre un quinqué a mano, pero su nieta había olvidado cambiar el aceite y limpiar el hollín del tubo. No era algo —Dios nos libre— que hubiera hecho a propósito. Simplemente estaba absorta en sus sueños de Revolución. Como abejas en torno a la miel, los jóvenes revoloteaban en torno a esta nieta bajita y rechoncha de rostro radiante y cabello corto. De este modo podía controlar a sus admiradores, y sermonearles, exhortándolos a unirse a la causa. Sus nietos eran avispados, reflexionó Reb Israel, era un hecho innegable. Era una pena que, en lugar de dedicarse al estudio de las escrituras judías, perdieran su tiempo en semejantes tejemanejes.

El anciano esbozó un gesto como de cierto malestar, rozando con la barbilla el tratado que tenía delante. Cerró un ojo. El blanco del otro estaba surcado de venitas rojas, y tenía la pupila dilatada. Reb Israel disfrutaba con la Misná. El estudio talmúdico parecía revivirlo como las sales aromáticas en los días de ayuno, cuando quien pasa hambre siente náuseas y se marea.

—¿Qué harán los analfabetos cuando se hacen viejos? —se había preguntado a menudo. Entonces continuó leyendo:

El Sumo Sacerdote se sirve de ocho vestiduras, y un simple sacerdote de cuatro: túnica, calzones, turbante y cinturón. A ellos añade el sumo sacerdote el pectoral, el delantal, el manto y la filacteria. Con estos consulta al Urim y Tumim…

—¿Recordaré todo esto cuando, Dios no lo quiera, me vea privado completamente de la vista? —se preguntó.

Una visión de Tierra Santa le pasó fugazmente por la cabeza. Vislumbró el Templo, el patio, el altar, la cámara, la oveja y el buey, los acólitos. No estaba seguro de si se trataba de un producto de su imaginación o si los había visto en sueños. Imaginó lomas, edificios, callejones, azoteas, columnas de polvo, una puesta de sol. Los bueyes mugían, las ovejas balaban. Según pasaba, un profeta descalzo de pelo largo fue abordado por algunas jóvenes vestidas con chales, brazaletes, broches y hebillas. Pero ahora todo se había quedado desierto. Los zorros deambulaban por la tierra caliza. Los sabios, con sus blancos capotes, se había retirado a las cuevas donde se ponían a prueba, alimentándose solo de pan y agua, o de una medida de algarrobas, como Reb Hbina ben Dosia había hecho. Él, Reb Israel, siempre había querido viajar a Palestina y ver aquellas cuevas. Su mujer, Hannah Dvorah, que en paz descanse, solía prometerle que cuando fueran viejos legarían todos sus bienes a Naphtali, y luego pasarían sus últimos años en Tierra Santa, cerca del Muro de las Lamentaciones, la cueva de Macpela y la tumba de Raquel. Sin embargo, el hombre propone y Dios dispone: ahora ni contaba con el dinero ni con las fuerzas necesarias para un viaje semejante. Y actualmente, además, todos los sinvergüenzas parecían acudir en masa a Tierra Santa. Mesándose sus blancos rizos rituales, Reb Israel se preguntaba si en el lugar donde mora lo sagrado, también allí el Maligno acecha tratando de colarse y violar a la reina en el mismísimo palacio del rey. El mero hecho de que fuerzas extranjeras se dirigieran ahora a Tierra Santa era señal de que el final se aproximaba. El Mesías tal vez estuviera a punto de llegar. En ese caso, nos libraríamos de la obligación de la muerte.

El anciano sonrió. Temía a la muerte: se había dado cuenta, sorprendido, al pensarlo. ¿Pero qué era el temor? Recordó un proverbio que solía repetir su mujer: «No soy un ternero, no temo al sacrificio».

Reb Israel se despertó. Basheleh, roja de emoción, sonriendo socarronamente y sujetando lápiz y papel, había empezado a arengar a la concurrencia. Reb Israel se fijó en lo mucho que se parecía a Naphtali en su expresión, sus gestos, incluso su voz. La curiosidad del viejo por fin se despertó. Estaba decidido, de una vez por todas, a averiguar qué es lo que discutían noche y día, sin llegar a ningún lado. ¡Si al menos no pronunciara aquellas enigmáticas palabras extranjeras!

—Compañeros trabajadores, camaradas —dijo Basheleh—, las cosas no pueden continuar así mucho tiempo. Las divisiones entre nosotros solo sirven a los intereses de los enemigos de la clase trabajadora. La oposición en nuestras filas es simplemente obra de un grupo contrarrevolucionario, que pretende hacer causa común con los presuntos revolucionarios, y que no son otra cosa que socialfascistas. Nuestros enemigos están encantados con sus acciones. Como se suele decir: una manzana podrida echa a perder el cesto entero. A no ser que se imponga a tiempo la disciplina a estos grupos opositores, corromperán y nos desmoralizarán a todos, arrastrarán a todo el partido a la ciénaga fascista.

—Camarada Walden, concrete: ¿a dónde quiere ir a parar? —desafió una voz.

—Camarada Kleinmintz, no interrumpa, haga el favor —respondió.

—¿Qué está diciendo? —se preguntó un perplejo Reb Israel—. ¿Dónde habrá aprendido todo esto?

En cuanto a Asher Hayim, no se parecía demasiado a su hermana. Era de tez morena y tenía el pelo rizado, labios gruesos, una nariz chata y unos pequeños ojos calculadores y lascivos. Hacía el payaso, imitando ahora a un camarada, ahora a otro, y se mantenía alejado de su abuelo. Reb Israel reconocía en él ciertas particularidades que podía atribuir a la familia jasídica de su nuera, a la sencilla tribu de Reb Gershon Heninch procedente de Radzin. Los factores hereditarios jugaban un papel importante, pensó Reb Israel. Y se arrepintió de haber empujado a Naphtali a este matrimonio. Reb Gershon había sido demasiado listo.

La dinastía jasídica de Radzin aceptaba solamente malas hierbas, solo plantas nocivas de la dinastía de Kotsk. Asher Hayim era su fruto: inmaduro, agrio. El muchacho hablaba con una chica mientras le tocaba el pelo pícaramente de vez en cuando. Asqueado por lo que veía, Reb Israel quiso gritar «¡Granuja! ¡Depravado!». Pero las palabras de algún modo se le atascaron en la garganta. Pensándolo mejor, no era probable que pudiera cambiar la forma de ser de sus nietos.

Mientras Reb Israel intentaba retomar su estudio, algo extraño sucedió: se mareó, una completa oscuridad lo envolvió, y sintió un dolor insoportable en la frente y en la punta de la nariz. Se esforzó por aferrarse al asiento.

—¿Es el final? ¿Estoy a punto de morir sin siquiera poder recitar la última oración? —pensó alarmado.

Aún tenía la esperanza de que se le pasara el mareo, como había sido el caso hacía algunos años. Pero la oscuridad persistió. Sintió una presión en el ojo y un intenso dolor en las sienes. Reb Israel entró en pánico, luego se resignó. Parecía ser el «juicio final». La frase de Job —«me sucede lo que más temía»— pasó fugazmente por su turbada mente. Sintió la tentación de gritar pidiendo ayuda, de llamar a un médico. ¿Pero qué iba a hacer un médico a estas alturas? Recordó que el profesor Pinnes le había advertido hacía algunos años que no le quedaba mucho tiempo.

Reb Israel trató de atravesar el eclipse total, y le pareció que alcanzaba a vislumbrar un caleidoscopio de telas enredadas que se arremolinaban con vivos colores abigarrados; un baile macabro de chispas, flores y estrellas que se abatían sobre él como langostas. Basheleh seguía arengando al grupo, pero apenas alcanzaba a oírla. Un muro parecía alzarse entre él y los demás. Rozó con las yemas de los dedos el frío vaso de té. Sorprendentemente, se sintió avergonzado de su desgracia frente a la reunión juvenil. Sentía aversión hacia la idea de que le rodearan con sus preguntas y su cínica compasión. Recordó el precepto talmúdico: «Es deber del hombre dar las gracias por los males que le acaecen, igual que agradece las cosas buenas». ¿Pero qué clase de agradecimiento podía pronunciar uno por quedarse ciego?

Habían apenas pasado cinco minutos, pero Reb Israel ya empezaba a reconciliarse con este trance ineludible. Solamente le daba rabia no poder estudiar a fondo más tratados talmúdicos. Tendría que recurrir a su memoria. «Aquel que se esfuerce antes del *sabbat* tendrá comida sobre la mesa en el *sabbat*». Quizás, pensó, volvería a recuperar en parte la vista, pero no parecía probable. Esta desgracia se había cernido sobre él desde hacía tiempo, y ahora había agotado el último rayo de luz. Ahora estaba totalmente ciego.

Con un creciente malestar interno y un exceso de saliva en la boca, como si estuviera a punto de desmayarse, pensó en dirigirse a la cocina para echarse durante un momento. Se levantó con cuidado para no tirar el taburete, el quinqué o la tetera. Besó el tomo del Talmud, lo cerró como quien cierra las puertas del Arca Santa y, ciego como estaba, se despidió de la Misná. Se abrió paso a tientas por el frío pasillo, que olía a queroseno y a ropa sucia. Nada más llegar a la cocina con su olor a achicoria y a moho, a punto de tumbarse sobre su catre de hierro, llegó a sus oídos una risita. Sintió que alguien saltaba del catre y pasaba rozándole con una carcajada lasciva. Una de las parejas había, según parecía, estado haciendo el amor en su cama.

Esto sumó un insulto a su dolencia. Estuvo a punto de gritar, pero sus cuerdas vocales parecían estar paralizadas. ¿Habían llegado las cosas a tal extremo? La casa de Naphtali convertida en un burdel... ¡Y su propia cama mancillada! Temblaba como una hoja de álamo y le fallaban las rodillas.

—Padre celestial, ¿acaso me merezco esto? Mi pecado es mayor de lo que puedo soportar —murmuró, y se dejó caer impotente en su catre—. En fin, la deshonra es la deshonra —reflexionó, tras un momento de descanso—. Yo ya no tengo poder de decisión ni elección.

Se quedó tumbado sobre el camastro de paja, hundido en su miseria, con el cuerpo dolorido, mientras poco a poco cedía a la desesperación:

—¡Que llegue ya el final! ¡Que se acabe ya!

Mientras se adormilaba, el dolor remitió, un calorcillo le recorrió el cuerpo y tuvo un sueño extraño: un lugar que parecía carecer de palabras y acciones. Todo lo que sentía era el deseo de que no le despertaran. Había dejado de ser consciente de las cosas y sin embargo tras esa indiferencia se escondía un significado peculiar y cierta felicidad. Descansaba en un jardín rebosante de flores en el que resonaba la sinfonía del gorjeo de los pájaros: una especie de mezcla entre Kotsk y Tierra Santa. El sabio Reb Mendele parecía estar vivo. La Casa de Estudio tenía el aspecto de una cabaña hecha de ramas, techada con juncos y adornada con racimos de uvas y farolillos. Había lámparas encendidas. El rabino no se limitaba a explicar la Torá sino que la interpretaba, de modo que las palabras que hasta ahora habían resultado oscuras ahora eran inteligibles e inspiradoras. Debía de tratarse del reino del Edén, o del más allá. La explicación de la Torá era como comida y bebida. ¿Era eso el *yain ha'meshumar*, el vino que se conserva en sus uvas para los justos en el mundo que vendrá? ¿Y dónde estaba el Leviatán? Todos los enigmas habían sido resueltos. Todos los muertos resucitados. Estaba otra vez en compañía de Hannah Dvorah, Naphtali, sus padres y sus abuelos.

—Y papanatas como soy, me he pasado la vida teniendo miedo —se reprendió a sí mismo. Le ofrecieron en una bandeja algo parecido al regalo que se le entrega al sacerdote cuando se redime a un primogénito. Pero en este instante alguien le dio un toquecito en el codo, como cuando el ángel le da un toquecito al niño justo antes de que salga del vientre de su madre. Reb Israel recobró el conocimiento con un respingo, tumbado y desconcertado, satisfecho con esta reciente comida celestial. Sintió el aroma del clavo y el mazapán. Envuelto por la oscuridad, se preguntó si era verano o invierno. ¿Cuándo se había ido a la cama? Durante un momento pensó que había dormido setenta años, como Honi el Hacedor de círculos, y al siguiente que ya descansaba en su tumba. Luego cayó en la cuenta de que se había quedado completamente ciego, de que no podía distinguir ninguna luz en absoluto.

—Así que esto es todo, esta parece ser la última tentación —se dijo. Lamentó la interrupción de su sueño, pero se consoló con la idea de que había algo de lo que tenía que ocuparse. Era la Misná, por supuesto, tenía curiosidad por poner a prueba su memoria. Se puso enseguida a murmurar la primera frase del Talmud, desde el momento en que uno puede recitar el *shemá* por la tarde, y en adelante, párrafo tras párrafo, capítulo tras capítulo. Ya había, por supuesto, leído entero el Berajot y pasado por los difíciles pasajes del tratado que tienen que ver con el rincón del campo que debe dejarse sin tocar para que puedan espigarlo los pobres. Ahora su buena memoria abría de nuevo todos estos tesoros. La Misná parecía estar a salvo, herméticamente sellada en su mente. Continuó sin tropiezos, sin desfallecer, y pensó que la equiparación con «una vasija encalada que no pierde ni una gota», hecha al respecto del rabino Eliezer ben Hircanos, bien podía aplicársele a sí mismo.

A juzgar por el silencio reinante, los jóvenes debían de haberse marchado. Reb Israel cayó entonces en la cuenta de que todavía no había recitado la oración de la tarde. Se dirigió a tientas hasta el lavabo y realizó sus abluciones mientras el agua fría le reanimaba un poco. Se percató de una nueva facultad, una percepción inconsciente para la que no hacían falta ojos. Balanceándose hacia delante y hacia atrás, pronunció las palabras solemnemente:

—El que habita al amparo del Altísimo, y mora a la sombra del Todopoderoso, diga al Señor: «Refugio y baluarte mío, mi Dios en quien confío...».

Alabado sea el Señor. Reb Israel se preparó para la prueba. Recitó el *shemá* del rabino Isaac Surin, confesó sus faltas y se golpeó el pecho. Ahora, privado de la vista, se encontraba frente a frente con el Amo del Universo. Desde ahora en adelante no habría distracciones. La Misná era el tesoro de las delicias de este mundo, pero era un tesoro que no sufría merma en el mundo venidero: un viñedo de la Tierra Santa que ningún Tito podría destruir jamás, ningún apóstata profanar. Sintió una oleada de compasión por sus nietos. Ay, ¿qué sabían o entendían ellos? Habían quedado huérfanos a muy temprana edad y él, su abuelo, no les había prestado demasiada atención. Sus intenciones habían sido buenas. Había tratado de ayudar a los necesitados. Pero uno no puede entrar en el Cielo por la fuerza. Si se ha causado sufrimiento y dolor, uno debe reconciliarse con ello. La aflicción misma engendra compasión.

Reb Israel se desvistió con impaciencia, deseoso de acostarse y volver a la Misná, su única posesión y recompensa.

UNA VENTANA AL MUNDO

Algunos escritores demuestran talento al empezar a escribir, se ganan rápidamente una reputación entre lectores y críticos y luego de repente guardan silencio para siempre. Había dos hombres así en nuestro Club de Escritores Yidis de Varsovia. Uno de ellos, Menahem Roshbom, se las había arreglado para publicar tres novelas antes de cumplir los treinta. El otro, Zimmel Hesheles, había escrito a la edad de veintitrés años un largo poema. Ambos habían conseguido reseñas entusiastas en la prensa yidis. Pero luego, como quien dice, sus vientres literarios se cerraron y nunca volvieron a abrirse.

Roshbom ya rondaba los sesenta y Hesheles los cincuenta cuando me convertí en miembro del Club de Escritores. A ambos se les consideraba buenos jugadores de ajedrez. A menudo los veía jugar juntos. Menahem Roshbom siempre estaba tarareando alguna melodía, balanceándose, haciendo gestos y tratando de arrancarse los pocos pelos que le quedaban en su perilla entrecana. Solía alzar el pulgar y el índice como si fuera a mover una pieza y luego los retiraba como si se los hubiera quemado. Se decía que era mejor jugador que Hesheles, pero hacia el final de la partida siempre le podía la impaciencia. Menahem Roshbom fumaba como un carretero. Tenía los dedos y las uñas tiznados de amarillo, y padecía una tos crónica. Se decía que fumaba hasta dormido. Era alto, escuálido, arrugado, cargado de espaldas. Tras abandonar la ficción se había pasado al periodismo y se había convertido en el principal folletinista de uno de los dos periódicos yidis de Varsovia. Aunque estaba enfermo y se decía que era tísico, tenía enredos con varias mujeres, sobre todo actrices del teatro yidis. Se había divorciado de tres esposas, y los hijos de las tres acudían a pedirle dinero. Su amante fija era la esposa de un actor yidis. Nunca se supo por qué el marido permitía que estuviera con Roshbom. A menudo oía decir que Roshbom se lamentaba de ser demasiado inteligente, demasiado cínico. En muchas de sus conversaciones, e incluso de sus artículos, menospreciaba el valor de la literatura y los delirios de inmortalidad. Nunca había permitido que le homenajearan en un banquete. Si alguien se refería a él como escritor, Roshbom respondía:

—Quizás hace tiempo…

Zimmel Hesheles era pequeño, retraído, un soltero callado y solitario. Siempre llevaba el rostro delgado cuidadosamente afeitado y tenía las mejillas singularmente suaves. Algunos pensaban que era un eunuco al que ni siquiera le crecía la barba. Arrastraba un pie y usaba bastón. Uno de sus zapatos tenía un tacón más alto que el otro. Su pelo castaño tenía una densidad y un brillo muy poco varoniles.

Para ser un pelagatos que se ganaba la vida cubriendo el puesto de corrector durante las vacaciones de verano, Zimmel Hesheles vestía bastante decentemente. Tanto en invierno como en verano iba por ahí con un sombrero negro de ala ancha, polainas y un *foulard* de artista. No había renunciado del todo a sus ambiciones literarias y se esforzaba por que se supiera que seguía escribiendo aunque no publicara. Pertenecía al Pen Club y asistía a las veladas literarias. Practicaba una meticulosidad profesional. No fumaba, no tarareaba, no hacía muecas. Acudía todos los días al Club de Escritores exactamente a mediodía, pedía un vaso de té con limón y nada más, leía los periódicos, jugaba una partida de ajedrez con Roshbom o con quien fuera y se marchaba a las dos cuando la multitud empezaba a llegar a almorzar. En el club se decía que Zimmel Hesheles se preparaba su propia comida en un hornillo y que incluso se hacía él mismo la colada. Alguien le había visto comprando pan barato del Ejército en el mercado de Kercelak, donde se conseguían buenas gangas. Zimmel Hesheles le había contado una vez al director de la asociación de periodistas que se las arreglaba para comer y vestirse con una suma que si la dijera nadie se creería.

Menahem Roshbom era lo que se dice un libro abierto. Pero Zimmel Hesheles siempre se sentaba muy erguido ante el tablero de ajedrez, y después de que Roshbom expresara su opinión, Zimmel murmuraba:

—¿Entonces dónde dice que va el rey?

Y nosotros, que observábamos la partida, sabíamos que el rey de Roshbom había caído en una trampa. Cuando Roshbom se daba cuenta de que la situación era desesperada, tiraba las piezas barriendo con la mano el tablero y decía algo como:

—No debería haber movido el peón.

Y le echaba una densa nube de humo a Zimmel Hesheles directamente a la cara.

Nosotros, los jóvenes escritores, hablábamos a menudo de ambos, tratábamos de esclarecer las razones de que hubieran dejado de escribir y repetíamos toda clase de anécdotas y cotilleos, especialmente sobre Zimmel Hesheles. ¿Era un eunuco o simplemente impotente? ¿Mantenía relaciones secretas con hombres? ¿Era cierto que seguía escribiendo o simplemente alardeaba? ¿Y qué hacía con el resto de las horas del día y de la noche? Nadie le había visto en el cine, en el teatro, en una biblioteca o simplemente de paseo. Siempre llevaba puesta la misma ropa, que parecía limpia y en cierto modo nueva. Siempre que los jóvenes escritores del club se quedaban sin tema de conversación, recurrían a Zimmel Hesheles. ¿Había hallado la clave de una existencia perfecta?

Por mí parte, sentía una particular curiosidad por este individuo. Constantemente me fijaba pautas de conducta e inevitablemente me las saltaba. Había decidido hacerme vegetariano, y tres días más tarde tuve un desliz con una salchicha. Adoptaba regímenes de moralidad e higiene espiritual, decidido a dedicar determinadas horas del día a escribir, leer, dormir, hacer ejercicio y pasear, pero nunca cumplía nada. Traté varias veces de entablar conversación con Zimmel Hesheles, pero siempre me respondía de manera cortante, con dureza, y al poco me quedaba sin nada que decir. A veces solamente movía la cabeza o hacía un gesto con la mano. Era como si Zimmel Hesheles se hubiera puesto un candado, y todo indicaba que seguiría así hasta el final de sus días. Por extraño que parezca, el libro de poemas que había publicado había desaparecido no solo de las librerías sino también de las bibliotecas yidis. Había querido leerlo en varias ocasiones, pero no logré encontrar una copia por ningún lado. Por aquella época ya me interesaban las investigaciones psíquicas, y se me ocurrió que tal vez Zimmel Hesheles fuera lo que se denomina un espíritu.

Una tarde de invierno fui al Club de Escritores en lugar de quedarme en mi habitación y trabajar en mi interminable novela como me había propuesto. Mis colegas, los jóvenes escritores, se me acercaron corriendo en un particular alboroto. Sus ojos tenían ese triunfante brillo especial de quien acaba de ganar una apuesta. Uno de ellos, Shmuel Blechman, un chismoso, me dijo:

—¿Ya se ha enterado de la noticia?

—¿Qué noticia?

—Se muere de ganas de saberla, ¿eh? Adivine.

—Una vaca voló sobre el tejado y puso un huevo —respondí.

—Algo todavía más extraño que eso.

Mencioné algunas cosas imposibles: el Mesías había llegado, Stalin se había hecho sionista, el antisemita Nowoczynski se había convertido al judaísmo.

Shmuel Blechman al parecer no podía soportar el suspense y gritó:

—¡Zimmel Hesheles se ha casado!

Aplaudió y empezó a desternillarse de risa. Los demás se sumaron en un coro.

Por alguna razón yo no estaba de humor como para reírme y respondí:

—¿Quién es la afortunada novia?

—¡Venga a verla!

Me hizo pasar a empujones al Gran Salón, como lo llamaban, donde se sentaban los viejos escritores: miembros veteranos, no los invitados o los principiantes como nosotros.

Las paredes estaban tapizadas y decoradas con cuadros de marcos dorados. Había un piano y un escenario donde de vez en cuando se celebraban lecturas. No muy lejos del escenario había una mesa que —aunque cualquiera podía sentarse en ella— estaba normalmente ocupada solamente por la élite del club: el presidente, los miembros de la junta, editores, y los escritores considerados clasicistas. A los visitantes extranjeros también se los agasajaba allí, especialmente a los americanos. Los principiantes habíamos bautizado esta mesa con un nombre que reflejaba nuestra envidia: la Mesa de los Impotentes.

Esta vez en la mesa no cabía un alfiler. Sentado a su cabecera estaba Zimmel Hesheles, y junto a él una joven dama, aparentemente extranjera, que llevaba un sombrero negro con un ala ancha y curva y un vestido de un estilo que jamás había visto en el Club de Escritores o en las calles que yo solía frecuentar. Su rostro era aniñadamente delgado, los ojos grandes, negros y brillantes. Me quedé allí parado, boquiabierto.

—Bueno, ¿qué dices? —me preguntó un integrante del grupo tras pellizcarme el cuello.

Alguien en la mesa nos gritó que cerráramos la puerta, y regresamos al salón más pequeño. Shmuel Blechman me preguntó:

—¿Eso, qué te parece?

—¿Cómo sabes que están casados?

—Salió un anuncio en el *Heint*.

Rebuscó entre los periódicos de la mesa pero alguien había arrancado la noticia.

La información empezó a llegar a cuentagotas. La novia, la señorita Lena Hesheles, una pariente, había venido de visita a Varsovia desde Buenos Aires, se había enamorado «a primera vista» de Zimmel y se había casado con él. Ni siquiera nos habíamos dado cuenta de que Zimmel Hesheles no había aparecido por el club durante un par de días. La ceremonia había tenido lugar en casa de un rabino del vecindario. Como todas las cosas que hacía Zimmel Hesheles, esta boda también pretendía ser un secreto. Lena Hesheles, una poeta hispana, había traído cartas de recomendación del Club Pen argentino para el Club Pen polaco de Varsovia, y una entrevista, junto a su foto, había aparecido en la gaceta literaria polaca. Fue de hecho gracias a esta entrevista que el Club de Escritores Yidis se había enterado del matrimonio de Hesheles. El secretario del club, también poeta, que todos los veranos se veía obligado a llevar a cabo una nueva campaña para que contrataran a Hesheles de sustituto, había logrado convencer a Hesheles tras una larga discusión de que viniera con su esposa a tomar el té.

Los miembros del Club de Escritores Yidis sentían mucho respeto por el mundo gentil, en el que los escritores tenían conexiones con revistas que vendían cientos de miles de copias. Zimmel Hesheles había abierto a los escritores yidis de Varsovia una ventana al mundo.

Durante una o dos semanas después de la recepción, Zimmel Hesheles no apareció por el Club de Escritores. Resultaba evidente que no era un asexuado, como se había asumido, sino al contrario, un hombre viril capaz de ganarse el amor de una hermosa joven que escribía en español. Tras un tiempo, Zimmel Hesheles empezó de nuevo a acudir al club, pero ahora acompañado de Lena. Ya no pedía un vaso de té sino dos, y además galletas. Volvió a jugar al ajedrez, y de pie o sentada entre los espectadores estaba Lena.

Lena hablaba yidis, pero con acento español. Pronto entabló amistad con nosotros, los jóvenes escritores, particularmente con los poetas. En la misma medida que Zimmel Hesheles era taciturno, Lena resultó ser locuaz. Hablaba de los escritores de Argentina, los cafés, las pequeñas revistas que se publicaban allí, las contiendas literarias, las intrigas y las maledicencias. Descubrimos que los jóvenes escritores de Argentina compartían los mismos obstáculos que nosotros teníamos en Varsovia: se los excluía de las revistas más conocidas y les resultaba difícil publicar un poema o un relato. Algunos de los escritores publicaban libros costeándose la edición ellos mismos. Los críticos de allí demostraban la misma poca comprensión del nuevo mundo y del nuevo concepto de estilo como los críticos de aquí. Lena había sufrido una particular dificultad debido a su condición de judía y al hecho de que sus padres fueran inmigrantes polacos. Ni siquiera tenía todavía la nacionalidad, a pesar de haber nacido en Argentina.

Sus palabras despertaban en nosotros cierto asombro y al mismo tiempo cierto sentimiento de compasión hacia una visitante procedente del mundo exterior que había contraído matrimonio con uno de nosotros, un pobre poeta yidis. Cuando Lena expresó su deseo de conocer más de cerca la literatura yidis y tomar lecciones, todos nos ofrecimos de inmediato a servirle de tutor. Lena se hizo no solo con un profesor, sino con varios. Uno le enseñaba a leer, otro ortografía, un tercero le explicaba las palabras hebreas que forman parte del idioma yidis. Empezó a acudir al Club de Escritores no solo durante las dos horas que su marido pasaba en él sino durante un buen rato antes y después del almuerzo. Presumimos que Zimmel Hesheles se pondría celoso y no le permitiría pasar el tiempo con escritores de su edad, pero al parecer confiaba en ella. Algunos viejos escritores no tardaron demasiado en acercarse también a Lena. El editor de la sección literaria de un periódico yidis encargó la traducción de uno de sus poemas y lo publicó en la edición del viernes en grandes caracteres, junto a su fotografía que, como de costumbre, salió completamente oscura.

Un día sucedió lo inevitable: Lena había escrito un poema en yidis. El poema era torpe, banal, pero los jóvenes poetas lo elogiaron, embelesados, y la felicitaron por haber entrado a formar parte de la literatura yidis. La colmaron de consejos sobre cómo hacer que el poema fuera más sólido y original, y Lena aceptó todas sus correcciones. Supuse que Zimmel no le permitiría publicar semejante basura, pero parecía mostrarse completamente indiferente en lo relativo a sus escritos.

Luego sucedió esto: yo había empezado una novelita sobre el falso mesías Jacob Frank, pero hacia el final del cuarto capítulo me atasqué y fui incapaz de continuar. La acción había muerto por sí sola. Traté una y otra vez de empezar el capítulo quinto, pero tras gastar un cuaderno entero no había llegado a ninguna parte. Era un caluroso día de verano. Había leído en *La educación de la voluntad* de Payot, o quizás en el libro de Farrell sobre higiene espiritual, que una larga caminata puede en ocasiones ayudar a vencer ese tipo de bloqueos, y decidí poner a prueba la teoría. Me dirigí al Suburbio de Cracovia y caminé por la calle Nowy Swiat hasta donde se convertía en la Avenida Ujazdów. De camino me detuve frente a los escaparates de las librerías. También observé los monumentos, las iglesias y las casas donde residía la aristocracia polaca. Entré en el parque Łazienki y me entretuve durante un buen rato en las cercanías del estanque en el que nadaban los cisnes. Desde allí podía ver el palacio del rey Poniatowski.

Algunas jóvenes, altas y delgadas, con trajes y botas de montar, pasaban a lomos de sus caballos. Se sentaban muy rectas y silenciosas en sus sillas, y me parecía que estaban al tanto de algún secreto que ocultaban a los demás. Me parecieron miembros de una raza de superhombres. Se me ocurrió que los ángeles que cayeron de los cielos, los gigantes que se mencionan en el Libro del Génesis, se habían enamorado de mujeres como esas.

Poco a poco me fui dando cuenta del error que había cometido en mi novelita. Jacob Frank había sido un judío sefardita que hablaba turco. El yidis no era su lengua materna y yo no tenía ningún derecho a emplear un héroe cuya vida y acervo me resultaban tan ajenos. Me debería haber limitado solamente a sus discípulos polacos: Elisha Shur, el rabino Nachman de Busk; y otros que se convirtieron más tarde y adoptaron nombres tan sofisticados como Wolowski y Majewski. Me sorprendí de no haber reparado en esto nada más empezar.

Empezó a caer la tarde. Los pájaros trinaban. En algún lado tocaba una banda. Una fría brisa soplaba desde el Vístula. El sol todavía no se había puesto pero una temprana luna llena ya había aparecido en el cielo. El aroma de las plantas y las flores se mezclaba con el del fresco estiércol de los caballos. Junto con mi reflexión literaria también llevé a cabo una de carácter personal. Ya había pasado por una guerra mundial y varias revoluciones. Había vivido bajo tres regímenes: Rusia, Alemania y la independencia polaca. A los judíos se les había concedido con la Declaración Balfour la promesa de una nación judía. Había desechado la religión de quién sabe cuántas generaciones y me había esforzado por creer en la evolución, en un universo que había evolucionado a partir de una explosión. Tenía apenas veintiséis años, pero me parecía que llevaba deambulando por este planeta desde tiempos prehistóricos. Durante aquellas horas crepusculares literalmente sentí la inmortalidad de las almas.

De repente me detuve. Sentados en un banco, bajo un árbol de denso ramaje, estaban Menahem Roshbom y Lena. Él tenía su mano en la suya. Hablaban, sonreían. Lena soltó una carcajada. Luego Roshbom se inclinó hacia ella y la besó. Me quedé allí durante un buen rato, estupefacto, oculto detrás de un árbol para que no pudieran verme. Por aquel entonces ya había leído a Maupassant, a Strindberg, a Artsibáshev, a Kuprín, a la escritora polaca Gabriela Zapolska y a otros tantos autores que escribían sobre sexo. Había probado a traducir al yidis el libro de *Sexo y carácter* de Otto Weininger. Yo mismo había publicado relatos sobre la infidelidad de maridos y mujeres. Pero esta era la primera vez que era testigo directo de una traición semejante. Me avergoncé de mi propia ingenuidad. El corazón me latía con fuerza, se me cerró la garganta, y apenas podía reprimir las lágrimas. Sabía demasiado bien que no era ético estar allí espiando a los amantes, pero era incapaz de apartar la vista. No habían pasado ni cuatro meses desde que Lena se había casado con Zimmel. No solo era su marido sino también su tío.

Menahem Roshbom tenía quizás cuarenta años más que ella. Tenía una amante o varias. ¿La había comprado con dinero? ¿Lo amaría de verdad? ¿Sabía ella lo que era el amor?

Tanto en el poema que había sido traducido al polaco como en el que escribió en yidis, Lena hablaba del carácter sagrado del amor. Yo había escuchado a menudo decir a mi padre, cuando discutía con mi hermano mayor, Joshua, que los que estaban enamorados eran unos adúlteros y unos mentirosos, y que las novelas que describen esos sentimientos eran un veneno mortal. Mi padre sostenía que los amantes no aman al otro sino solamente a sí mismos. En caso de que la mujer enfermara o quedara lisiada, Dios no lo quiera, el sátiro la dejaría por otra. En esa época yo era demasiado joven para inmiscuirme en esas discusiones, pero secretamente me ponía del lado de mi hermano, que sostenía que concertar un matrimonio a través de una casamentera era algo propio de los asiáticos, de los fanáticos, un anacronismo que arrastrábamos desde la Edad Media. En esa época me había hecho la sagrada promesa de que me casaría solamente por amor.

Oscureció y las dos figuras del banco se fundieron en un cúmulo de sombras. Me alejé, busqué otra salida y me fui en tranvía a casa. Aquella noche de verano era de las que se dice que vuelven loca a la gente.

Hacía mucho que se había puesto el sol, pero el cielo conservaba el brillo del día. Aún descendían de él oleadas de calor. Hordas de parejas paseaban por las aceras. En lugar de caminar parecían más bien estar bailando: los hombres con trajes de colores claros y sombreros de paja, las mujeres con sombreros adornados de frutas y flores, y vestidos que dejaban ver las curvas y el balanceo de sus pechos, sus caderas, sus muslos. Todos estaban ebrios de amor pero yo no podía sino mirarlos con lástima. Todos estaban hundidos hasta el cuello en mentiras y engaños. Estaba cansado y me dolían los huesos. Me había hecho viejo de repente. Por primera vez me lamenté de que no existiera un claustro judío donde pudieran refugiarse aquellos que se habían percatado de la vanidad de todos los esfuerzos humanos.

Esa noche no pude pegar ojo hasta que amaneció. Cuando me quedaba dormido me despertaba una pesadilla. La almohada estaba empapada. Los mosquitos zumbaban en torno a mis oídos y me picaban. Desde el exterior llegaban gritos de borrachos y de las víctimas de algún atraco. No dejaba de oír la voz de mi padre. Me estaba dando un largo sermón pero no lograba entender lo que me decía. Me levanté pasadas las once y, aunque me había saltado la cena, sentí el estómago hinchado y la lengua sucia. Tomé un café rápido en la cafetería y me dirigí al Club de Escritores. ¿Me encontraría tal vez allí a los protagonistas del drama de ayer? Sí, estaban todos presentes: Zimmel Hesheles, Lena,

Menahem Roshbom. Zimmel Hesheles y Menahem Roshbom jugaban al ajedrez, y Lena estaba sentada a un lado y observaba. Me quedé detrás de ella, pero no me vio. La posición de Roshbom en el tablero era crítica. Gruñía, se mesaba los pelos de la barba, hacía muecas e inhalaba el humo del cigarrillo hasta el fondo de los pulmones. Durante un rato pareció que, confuso como estaba, se había tragado el humo, pero de repente brotó a la vez de su boca y de sus peludas fosas nasales. Llegué a imaginar que de la barba le salían algunas volutas de humo.

—¿Entonces dónde dice que va el rey? —preguntó Zimmel Hesheles.

—Sí, ¿dónde va el rey? —coreó Lena.

Lanzó una mirada curiosa y radiante a Roshbom, que contestó:

—Señora, tranquilícese. Hay mil posibilidades. Le voy a dar tal lección que se lo pensará dos veces antes de atreverse a intentar otra jugarreta. Lo haré pedazos, al muy chapucero.

Luego barrió el tablero con la mano y esparció las piezas.

—No debería haber movido la torre.

Me fui del club. En las escaleras me hice la promesa de no volver nunca. La mantuve durante dos semanas y media.

Cuando regresé al club, Shmuel Blechman me preguntó:

—¿Dónde se había metido? Lena Hesheles leyó uno de sus relatos y está francamente fascinada. Lo ha estado buscando. Quiere traducirlo al español. Menuda suerte tiene. Es a usted a quien va a abrirle una ventana al mundo.

—Ya lo ha hecho —dije.

—¿Qué quiere decir?

—Le gusta hacerse el importante —señaló otro de los escritores jóvenes.

Todos guiñaron un ojo y se rieron.

No la esperé.

JOB

Trabajar de escritor en un periódico yidis supone tener que perder la mitad de la jornada con gente que viene a pedir consejo o simplemente a discutir. El director, el señor Raskin, trató en varias ocasiones de poner fin a esta costumbre con una reiterada falta de éxito. A cada tanto los lectores entraban a la fuerza. Otros avisaban de que montarían un piquete frente a la redacción. Cientos de cartas de protesta llegaban por correo.

En cierta ocasión, la persona en cuestión ni siquiera llamó a la puerta. Esta se abrió de golpe y delante de mí apareció un hombre diminuto, con un abrigo negro demasiado largo y demasiado ancho, un par de pantalones grises holgados que parecían a punto de caérsele en cualquier momento, una camisa de cuello abierto y sin corbata, y un pequeño sombrero salpicado de manchas posado sobre la frente. Mechones de pelo entrecano surgían de sus mejillas hundidas, bajándole hasta la parte inferior del cuello. Sus ojos saltones —de una mezcla de marrón y amarillo— me miraron burlonamente. Habló con el mismo sonsonete de quien estudia la Torá:

—¿Así sin más? ¿Sin barba? ¿Con la cabeza descubierta? A juzgar por sus opúsculos pensé que estaría aquí sentado con un manto de oración y filacterias como el Gaón de Vilna —perdóneme la comparación— y que entre una frase y otra se sumergiría en un baño ritual. Oh, ya lo sé, ya lo sé, la religión es solo un capricho para ustedes los escritores. Para los escritorzuelos como usted solo es una moda pasajera. No les queda más remedio que darle al estúpido público lo que quiere.

Un tipo listo, pensé. En voz alta dije:

—Tome asiento, por favor.

—¿Para qué voy a sentarme? Primero deje que eche un vistazo. ¿Aquí escribe sus cosas? ¿En esta mesita fabrica su mercancía? ¿Aquí obtiene su supuesta inspiración? En fin, de todos modos, ¿cómo se escribieron el resto de las mentiras? Con nada más que pluma y tinta. El papel es paciente. Puede escribir incluso que hay una feria de caballos en el Cielo.

—¿Cómo se llama? —pregunté.

—Me llamo Koppel Stein, pero puede llamarme Job, porque he sufrido tanto como Job y posiblemente un poco más. Job tenía tres amigos que fueron a consolarlo, y al final el mismo Dios le habló. Y después le recompensó doblemente: más burros, hijas más hermosas, y vaya usted a saber qué más. Nadie quiere consolarme a mí y el Todopoderoso guarda silencio, como si nada hubiera pasado. Soy Job elevado al cuadrado, por decirlo de algún modo. ¿No tendrá una cerilla? He olvidado las cerillas.

Salí y le traje unas cerillas. Se encendió un cigarrillo y me echó el humo directamente a la cara.

—Perdóneme por hablar así. A veces me pierde la boca. Ya sabe lo que dice el Talmud: «no se culpe al hombre en su hora de dolor». Hace algún tiempo usted se quejaba en un artículo de un lector que le entretuvo durante seis horas seguidas. Seré breve, ¿aunque cómo puede uno abreviar una historia que empezó hace más de cuarenta años? Le ofreceré los hechos sin más, y si usted no es tonto será como reza el dicho: «una sola palabra basta al sabio». Soy uno de esos locos —así es, me parece, como los llama— que quieren salvar el mundo, hacer justicia, y otras cosas igual de poco probables. En mi caso empezó cuando era todavía un niño pequeño. Nuestro vecino Tevel, el zapatero, solía trabajar de sol a sol. En invierno le oía martillear cuando todavía estaba oscuro. Vivía en una pequeña habitación que le servía de todo: de cocina, de dormitorio, de taller. Allí su esposa, Necha, paría cada nueve o diez meses, y allí morían los críos. Mi padre no era mucho más rico. Era maestro de escuela. También nosotros vivíamos en una sola habitación, y teníamos tan poco de comer que lo mismo nos habría dado depositar los dientes en el banco. Desde muy pronto empecé a preguntar: ¿cómo es esto posible? Mi padre respondía que era la voluntad de Dios y yo llegué a detestar

—a odiar, en realidad— al Dios todopoderoso que se pasaba la eternidad sentado en su séptimo cielo, rodeado de honores y gloria, mientras sus criaturas eran torturadas hasta la muerte. No entraré en detalles: sé por sus textos que está al tanto de los mismos y que incluso conoce la supuesta psicología del asunto.

»En resumen, tenía unos quince años cuando me convertí en un incrédulo. Formamos un grupo político en la ciudad en el que leíamos a Karl Marx, a Kautsky, e incluso llegó a nuestras manos un panfleto de Lenin: en ruso, no en yidis. En 1917, cuando estalló la Revolución, yo era un recluta ruso. Fui herido cerca de Przemyśl y me internaron en un hospital militar. Lo que tuve que soportar en el cuartel y en el frente probablemente lo sepa. No, no lo sabe, porque mis mayores problemas se los debo a mi propia boca. Le decía a todo el mundo lo que consideraba era la verdad. Les respondía a los oficiales. A día de hoy no sé por qué no me hicieron un consejo de guerra y me fusilaron. Supongo que simplemente necesitaban carne de cañón.

»Kérenski nos dijo que continuáramos luchando por la amada Madre Rusia y me hice bolchevique. Ya lo era antes de aquello. Acabé en Poltava, y allí vivimos la Revolución de Octubre. Un ejército leal al zar nos atacó y nos fue expulsando de un sitio tras otro. ¿Quién no nos atacó? Denikin, Petliura, muchos otros. Volvieron a herirme y el Ejército Rojo me dejó marchar. Me quedé atrapado en un pueblo donde se llevaban a cabo progromos contra los judíos. Con mis propios ojos vi cómo asesinaban a los niños. Estuve en el hospital y se me gangrenó un pie. Nunca entendí por qué, de entre todo el mundo, yo logré salir con vida. A mi alrededor la gente moría de fiebres tifoideas y de otras muchas enfermedades. Para mí la muerte se había convertido en un hecho cotidiano. Sin embargo mi fe en el progreso humano se hizo más fuerte, no más débil. ¿Quién comenzaba las guerras? Los capitalistas. ¿Quién instigaba los pogromos? Los mismos. Había sido testigo de un montón de maldad, de idiotez y mezquindad entre mis propios camaradas, pero diez veces al día me repetía el mismo estribillo: somos producto del sistema capitalista. El socialismo engendrará una nueva humanidad… y cosas por el estilo. Mientras tanto mis padres murieron en Polonia, mi padre de hambre y mi madre de tifus. O quizá ella, también, muriera de inanición.

»Tras la expulsión de las turbas contrarrevolucionarias y haberse establecido cierto orden, decidí hacerme obrero, incluso a pesar de que podía haber aceptado un empleo del Gobierno o incluso hacerme comisario. Por aquel entonces estaba en Moscú. Había estudiado carpintería en nuestro pueblo y conseguí un trabajo en una fábrica de muebles. Lenin aún estaba vivo. Para las masas eran todavía días de fiesta. La NEP —la Nueva Política Económica— no nos defraudó. ¿Cómo dicen los jasídicos? «Desciende para ascender». Asistir a un discurso de Lenin compensaba largamente todo el dolor y la humillación. En la fábrica donde trabajaba me insultaban y me llamaban «sucio judío» y se burlaban de mí igual o más que en los cuarteles zaristas. Me hacían todo tipo de jugarretas: ¿y quién las hacía? Miembros del partido, compañeros trabajadores, comunistas. A la menor oportunidad me decían que regresara a Palestina. Es cierto, podría haberme quejado. Había casos de trabajadores a los que enviaban a prisión por actos antisemitas. Pero pronto me di cuenta de que no eran casos aislados. Toda la fábrica estaba impregnada de odio: y no solo hacia los judíos. Un tártaro era igual de despreciable y cuando a los rusos les apetecía hacían picadillo a los ucranianos, a los bielorrusos, a los polacos. ¿Cómo limpiar un basurero? Me di cuenta avergonzado de que la Revolución no había cambiado nada. Todo seguía igual: alcoholismo, libertinaje, intrigas, robos, sabotajes. Empezaron a entrarme dudas, pero las reprimí con todas mis fuerzas. Después de todo, las cosas no habían hecho más que empezar.

»Le prometí que sería breve y es lo que haré. Lenin murió. Stalin asumió el poder. Luego tuvo lugar el complot contra Trotski, que para mí era un dios. De la noche a la mañana oí decir que no era más que un espía, un lacayo de Piłsudski, Léon Blum, MacDonald, Rockefeller. Hay corazones que se rompen a la menor preocupación y corazones que son como piedras. Yo debo de tener una piedra en mi costado izquierdo. Lo que he tenido que soportar solo se lo deseo a Hitler, si es cierto que sigue vivo en algún lado de España o de Argentina. Compartía habitación —en realidad una celda— con otros dos obreros: borrachos, marginados. Las groserías que empleaban, ¡qué obscenidades! Me robaban directamente del bolsillo. En la fábrica me llamaban Trotski. Y la *r* la pronunciaban con acento judío. Luego llegaron los arrestos y las purgas. Personas que conocía —idealistas— fueron encarceladas y, o bien fueron deportadas a Siberia, o bien se pudrieron en la cárcel. Empecé a darme cuenta, para horror mío, de que Trotski tenía razón. La Revolución había sido traicionada.

»¿Pero qué se podía hacer? ¿Podía Rusia soportar una nueva revolución, o incluso una revolución constante? ¿Puede un cuerpo enfermo aguantar una operación tras otra? Como mi madre, que en paz descanse, solía decir: «Si un perro lamiera mi sangre se envenenaría».

»Así pasaron los años. La revolución constante es imposible, pero sí que existe la desesperación constante. Me iba a dormir desesperado y me levantaba desesperado. Había perdido toda esperanza. Sin embargo, a pesar de las persecuciones, aquí y allá surgían círculos trotskistas. Las viejas conspiraciones de los tiempos zaristas regresaron. La Revolución había fracasado del todo. Pero la humanidad es incapaz de resignarse. Esta es su desgracia.

»En 1928 regresé a Polonia. Es algo más fácil de decir que de hacer. Logré cruzar clandestinamente la frontera con la ayuda de algunos compañeros trotskistas. A cada paso acechaba un peligro mayor. Me olvidé de decirle que mientras todavía estaba en Rusia me encarcelaron en Lubianka durante exactamente siete meses, solo porque sospechaban que era trotskista. No pasó ni una noche sin que me dieran una paliza. ¿Ve esta uña mutilada? Un chequista me la atravesó con una aguja al rojo. Me rompieron los dientes: todo a manos de mis compañeros proletarios. ¡Una maldición sobre la humanidad! Lo que sucedía en la cárcel es imposible de describir. La gente estaba destrozada física y espiritualmente. El hedor de los urinarios te hacía enloquecer. Los prisioneros no eran todos políticos. Había homosexuales y había simple y llanamente violadores. Pasé por todo esto antes de entrar clandestinamente en Polonia y llegar a la ciudad de Nieśwież. Nada más poner un pie al otro lado de la frontera me arrestaron los polacos. A las pocas semanas me soltaron y luego volvieron a meterme entre rejas. Era 1930. En Rusia me habían proporcionado un contacto entre los trotskistas de Varsovia, pero resultaron ser todos jóvenes y pobres, simples obreros. Los estalinistas consideraban que era una buena acción denunciar a los trotskistas a las autoridades polacas, y la mayoría estaban en Pawiak o Wronki: una prisión terrible. En Varsovia traté de contarles lo que estaba sucediendo en

Rusia, y los jovencitos estalinistas, antiguos niños de la Yeshivá y simples haraganes, me persiguieron hasta que me hicieron añorar Rusia. Me golpeaban, me escupían, y me llamaban renegado, fascista, traidor. Un par de veces traté de dirigirme al público, pero los matones de la calles Krochmalna y Smocza me hicieron callar a base de piedras y huevos podridos. Una vez incluso me clavaron un cuchillo. No hay peor cínico que un chequista o un comunista judío. Le escupen a la cara a la verdad. Están dispuestos a asesinarte y a torturarte a la menor sospecha. Por aquel entonces ya me había dado cuenta de que no había diferencia entre los comunistas y los nazis. Pero aún creía que el trotskismo era mejor. Algo bueno tenía que haber. No todo el mundo podía ser malvado.

»Hasta ahora no he mencionado mi vida personal porque en Rusia no tenía tal cosa. Incluso si hubiera querido pecar no habría tenido oportunidad. Con tres o cuatro hombres viviendo en una sola habitación, no tendrías más remedio que ser un exhibicionista. Fui testigo de la vergüenza y la desgracia de ambos sexos y perdí el apetito. Tras la Revolución, cientos de miles de niños ilegítimos, los denominados sintecho, vagaban por las calles, y se convirtieron en una maldición y un peligro para Rusia. Cuando una mujer salía a comprar pan, caían sobre ella y se lo robaban. Muy a menudo también la violaban. No faltaban ladrones, asesinos, borrachos. Se suponía que la Revolución pondría fin a la prostitución, pero las prostitutas pululaban en torno al Kremlin. En Varsovia conocí a una mujer trotskista. Era jorobada, pero para mí un defecto físico no resulta un inconveniente. Parecía rápida, inteligente, idealista. Toda la tristeza y también la sabiduría del mundo asomaban de sus ojos negros: aunque ¿qué sabiduría posee el mundo? Nos hicimos íntimos. Ninguno de los dos pensó en acudir a un rabino. Alquilamos un ático en la calle Smocza y allí empezamos a vivir juntos. Allí también tuvimos a nuestra hija, Rosa. Naturalmente, la bautizamos así por Rosa Luxemburg.

»Mi esposa, Sonia, era enfermera y a menudo se pasaba las noches visitando las casas de los enfermos. Rara vez pasábamos la noche juntos. Yo no conseguía trabajo en las tiendas polacas y me ganaba unos pocos eslotis reparando muebles de gente pobre: una alacena, una mesa, una cama. Ganaba, como se dice, el dinero justo para las gachas. Mientras fuimos nosotros solos nos las arreglamos. Pero cuando el embarazo de Sonia fue llegando al final las cosas se pusieron peor. Justo entonces me arrestaron. Mis hermanos judíos proletarios colocaron literatura ilegal en mi casa para incriminarme y me denunciaron a la policía. Uno nunca sabe de lo que es capaz la gente. Muchos de ellos murieron en la guerra civil española a manos de sus propios camaradas. Otros murieron años después en las purgas de Stalin y en los gulags.

»Todo el juicio fue una invención disparatada. Todo el mundo estaba al tanto: el juez, el fiscal, la policía. Me acusaron de conspirar contra la República Polaca junto a personas a las que nunca había visto la cara. Los policías, defensores de la ley, mintieron al declarar y juraron en falso. En prisión los estalinistas me torturaban, haciendo de cada día un infierno. Entre los ricos había personas bienintencionadas que traían a los prisioneros políticos comida, cigarrillos y otras cosas. Contrataban abogados sin costo alguno. Pero puesto que yo no creía en el camarada Stalin, era como si me hubieran excomulgado. Mis compañeros de prisión me las hacían pasar canutas. Me rompían los libros, me echaban tierra en la sopa, literalmente me escupían cien veces al día. Dejé de hablar y decidí guardar un silencio total: sordo y mudo. Para no escuchar sus insultos y sus palabrotas solía llenarme los oídos con miga de pan o con el algodón de mi abrigo. Me acosaban incluso de noche, todo en nombre del socialismo: un futuro más brillante, un mañana mejor, y todos sus eslóganes. Los torturados se convirtieron en torturadores. No creo que conserve ninguna ilusión sobre los trotskistas. Me he dado cuenta de una cosa: la peor escoria procede de quienes quieren hacer del mundo un lugar mejor. Si existe alguna gente decente, se los encuentra entre la gente sencilla: mercaderes, tenderos, comerciantes. Pero entre quienes quieren conseguir a toda costa la llegada del Mesías Rojo no hay verdad ni compasión. ¿Qué puede ser más conveniente que torturar al otro en nombre de un ideal? Llegó un momento en que los carceleros polacos empezaron a defenderme y suplicaron que me dejaran en paz. Les pedí que me pusieran con los criminales. Y cuando mi solicitud fue concedida, los camaradas la aprovecharon para movilizarse y protestar sobre el hecho de que internaran a un prisionero político junto a ladrones y asesinos. Me querían solo para ellos. Así es como se comportaban: gente que se suponía luchaba por la justicia.

»Estar rodeado de ladrones, chulos y homicidas estaba lejos de ser agradable. Me miraban con suspicacia. Había una vieja hostilidad entre los criminales y los socialistas que se remontaba a 1905. Pero en comparación con lo que tuve que soportar a manos de los estalinistas esto era un paraíso. Cierto, mis nuevos compañeros de celda me robaban los cigarrillos y huían con parte de los paquetes que Sonia me enviaba, pero me dejaban leer mis libros en paz. En lugar de «fascista» me llamaban «idiota», y eso dolía menos. A veces sucedía que un ladrón o un chulo me ofrecía un trozo de salchicha o un cigarrillo. ¿Cómo se pasaba el tiempo en la celda? O bien jugabas a las cartas, que estaban marcadas y manchadas, o charlabas. Con las historias que escuché allí se podrían escribir diez libros. ¡Y su yidis! Los camaradas hablaban el yidis de sus panfletos baratos. No era un idioma sino una especie de jerigonza. Pero los criminales le sacaban a la verdadera lengua materna todo su jugo. Usaban palabras y expresiones que me dejaban atónito. ¡Es una lástima que no las anotara! ¡Bueno, y sus opiniones sobre el mundo! Tenían su propia filosofía.

»Cuando entré en la cárcel aún creía en la revolución, en Karl Marx. Todavía tenía ciertas aspiraciones políticas. Cuando salí estaba completamente curado. Mientras estuve en la cárcel la decepción con Stalin había ido creciendo en Polonia. Las cosas llegaron a tal punto que la Comintern disolvió el Partido Comunista de Polonia. Muchos de mis perseguidores se habían marchado a la «tierra del socialismo», donde fueron liquidados. Un idiota me contó que, tras cruzar la frontera, cayó de rodillas y empezó a besar la tierra, igual que los antiguos judíos hicieron al llegar a la tierra de Israel. Mientras estaba tumbado besando el barro rojo, dos guardas fronterizos se acercaron y lo arrestaron. Lo enviaron a las minas de oro del norte, donde ni siquiera un gigante podía durar más de un año. Así es como el Partido Comunista trataba a aquellos que se habían sacrificado por la causa.

»Luego una nueva maldición hizo aparición: el nazismo. Era el legítimo heredero del comunismo. Hitler había aprendido todos sus métodos de los rojos: los campos de concentración, las matanzas, los asesinatos en masa. Cuando salí de prisión en 1934 y le dije a Sonia lo que pensaba de nuestro pequeño mundo y de aquellos que querían salvarlo, me sermoneó como el peor de ellos. La verdad es que mientras languidecía entre rejas, me había convertido en una especie de mártir o héroe para los trotskistas de Varsovia. Podría haber hecho el papel de gran líder pero les hablé con claridad: niños, no hay cura para la tragedia humana. No es un error del «sistema» sino del propio *Homo sapiens*. Cuando escucharon semejante herejía se indignaron. Sonia me hizo saber que se negaba a vivir con un traidor. Tuve la suerte de convertirme en traidor dos veces. Por otra parte, mientras estuve en prisión ella había vivido con otro hombre. Las jorobadas son fogosas y siempre hay un voluntario a mano. Se trataba de un tipo sencillo de las provincias, creo que era barbero. La pequeña Rosa le llamaba papá.

—¡No ponga esa cara de susto! No le tendré aquí hasta el amanecer. Creo recordar que usted se fue a América en 1935 y no sabe lo que pasó en Polonia después de aquello. El hundimiento fue total. Los estalinistas se convirtieron en trotskistas, mientras que los trotskistas se unieron al Partido Socialista Polaco o al Bund. Otros se hicieron sionistas. Yo mismo probé con la religión. Entré en una casa de estudio y me senté a leer detenidamente un volumen del Talmud, pero para esto uno necesita fe, de otro modo es simple y llanamente nostalgia. Los anarquistas volvieron a asomar la cabeza. Algunos aún creían en Kropotkin, otros seguían a Stirner. Teníamos invitados en Polonia: Ridz-Szmigli había invitado a los nazis a cazar en el bosque de Białowieża. Luego tuvo lugar el pacto entre Stalin y Hitler y la Guerra. Cuando los alemanes empezaron a bombardear Varsovia la mayor parte de quienes estaban en condiciones cruzó corriendo el Puente de Praga y partió hacia Rusia. Algunos de ellos aún tenían esperanzas en la Unión Soviética pero yo sabía a dónde dirigirme. En todo caso quedarse con los nazis no era una opción. Fui a despedirme de Sonia y me la encontré en la cama con el barbero. La pequeña Rosa empezó a gritar: «¡Papá, llévame contigo!». Aún me persiguen sus gritos. Me atormentan toda la noche. No sobrevivió ninguno.

»Estaba en Białystok cuando muchos de los escritores yidis de Polonia se convirtieron en fervientes estalinistas. Algunos incluso denunciaron a sus propios colegas. Yo era un trotskista conocido y me esperaba una muerte segura, pero para entonces me había formado una especie de filosofía. No podemos vivir una vida al descubierto. Solo podemos ser contrabandistas, fugitivos, desertores. La gente, como los animales, necesita esconderse constantemente. Si el enemigo está a la derecha, vas a la izquierda. Si va a la izquierda, te arrastras a la derecha. Esta filosofía —puede llamarla cobardía— me ayudó. Sabía dónde estaban los informadores y los evitaba. Muchos izquierdistas, medio izquierdistas e izquierdistas conversos fueron a Vilna o a Kovno, pero yo me dirigí a Rusia, no a las grandes ciudades, sino a los pueblos, a las aldeas, a los koljoses. Allí me encontré con otra clase de rusos: generosos, dispuestos a ayudar. Se reían del comunismo.

»Hasta 1941 me las arreglé como pude. Cuando la guerra llegó a Rusia con ella llegó la hambruna. Los refugiados a pie llegaban a raudales. Otros a bordo de trenes de mercancías. Millones de rusos fueron enviados al frente. Pasé hambre, dormí en estaciones de tren, pasé por los siete círculos de la gehena. Pero hubo algo que logré evitar: la cárcel. Mantuve la boca cerrada, jugué el papel de una persona sencilla, medio analfabeta. Trabajé donde pude. En los koljoses y en las fábricas me di cuenta de lo que significaba la economía comunista. La maquinaria estaba rota, las materias primas se malgastaban. Ni siquiera podría llamarse sabotaje. Simplemente se trataba de una horrible indiferencia hacia cualquier cosa que no tuviera una relación directa con ellos. El sistema entero estaba diseñado de tal manera que o robabas o morías. Entré en una fábrica y el contable, un joven de Varsovia, llevaba la contabilidad en libros de Chéjov, Gógol, Tolstói. En los márgenes de las páginas y entre las líneas garabateaba sus números: obviamente falsos. No había papel disponible. La gente vivía a base de comida robada que se vendía en el mercado negro. No puede hacerse una idea a no ser que lo vea con sus propios ojos. Si no fuera por los americanos —y si los nazis no hubieran sido los crueles asesinos que eran— Hitler habría llegado hasta Vladivostok.

»La mía no fue una vida: fue un pasar clandestino por la vida. Me convertí en un gusano, me arrastré por allí, me deslicé por allá. Mientras no me pisaran seguiría arrastrándome. Vi para mi sorpresa que todo el país era así. Me convertí en algo parecido a los piojos que nos infestaban. Antes de llegar por segunda vez a Rusia todavía conservaba cierto romanticismo, cierta moralidad sexual. Pero después también la perdí. Millones de hombres estaban dispersos por el frente y sus esposas vivían con el primero que encontraban. Me acosté con mujeres de las que no sabía el nombre. En la oscuridad gocé con mujeres a las que jamás vi el rostro. Recuerdo estar acostado con una mujer sobre heno podrido en un granero. Se entregó a mí y lloró. Le pregunté: «¿Por qué lloras?». Y gimió: «¡Si Grishenka se enterara! ¿Dónde estará, mi pequeña águila? ¡Qué es lo que le he hecho!». Y se apretó contra mí, llorando. Dijo: «Para mí no eres un hombre sino una candela con la que masturbarme». De repente empezó a besarme y me empapó con sus lágrimas. «¿Qué tengo contra ti? Probablemente tú también hayas perdido a un ser querido: ¡maldito sea el fascismo!».

»En Taskent me contagié de fiebres tifoideas que luego se complicaron con una neumonía. Alrededor de mí la gente se moría en el hospital. Un polaco me habló y me contó todos sus planes. Luego se calló. Le contesté y no me respondió. Llegó la enfermera y estaba muerto. Así sin más, en medio de una frase. Padecía escorbuto o beriberi, y con esas enfermedades la gente moría, por así decirlo, sin preámbulos. La muerte empezó a resultarme indiferente. No lo habría creído posible.

»No piense que vine aquí solo para molestarle y contarle la historia de mi vida. Puesto que estoy aquí, significa que he logrado pasar por todo como un contrabandista: el hambre, las epidemias, el asesinato, la ruina, las fronteras. Ahora, como ve, estoy en los Estados Unidos. Ya tengo los papeles de la nacionalidad. Ya me han atracado en su América y me han apuntado con una pistola al pecho. Otro refugiado, que cruzó en el mismo barco, ha logrado ascender hasta ser el dueño de una fábrica en Nueva York. Olvidó en el acto todas las muertes, todos los asesinatos, y se puso a hacer negocios. Hace poco me lo encontré en una cafetería y se quejó de que sus acciones habían caído en la bolsa. Se casó con una mujer que había perdido a su marido y a sus hijos, pero ya tienen nuevos hijos. Hablo de pasar como un contrabandista, pero él sí que es un contrabandista de verdad. Ya se dedicaba al contrabando en los campos de refugiados alemanes mientras aguardaba un visado americano.

»Espere, ¿por qué acudí a usted? Sí, vine con una idea. Se lo suplico, no se ría de mí.

—¿Qué idea?

Hizo una pausa y se encendió otro cigarrillo.

—Pensará que estoy loco —dijo—. Mi idea es que toda la gente decente se suicide.

—¿En serio?

—¿Se ríe? No es nada de lo que reírse. No soy el único decepcionado con la especie humana. Hay millones como yo. Puesto que ya no hay esperanza, ¿por qué sufrir para nada? Leí sus textos mientras estaba en Varsovia. También aquí. Es usted el único que no ofrece esperanza alguna a la humanidad. Últimamente ha empezado a elogiar la religión. Pero su religión se basa en la resignación. Siempre llega a la misma conclusión: es la voluntad de Dios. Pero quizás Dios quiera que la humanidad acabe con todo. ¡Se lo suplico, no me interrumpa! Hay decenas de religiones y cultos diferentes. ¿Por qué no un movimiento que predique el suicidio? ¿Cuánto tiempo seguiremos comportándonos como contrabandistas en la vida, solo para ser aplastados al final? Tengo la impresión de que muchísima gente está dispuesta a acabar con todo, pero carecen de valentía: el último empujón. Si millones de idiotas estaban dispuestos a morir por Hitler y Stalin y por toda clase de maniacos, ¿por qué no iba la gente a querer morir como forma de protesta? Debemos devolverle a Dios su regalo: esta abominable lucha por la existencia, que en todo caso acaba siempre en derrota. En primer lugar la gente debe dejar de tener hijos, de traer al mundo nuevas víctimas. Dejémosles a los canallas que tengan esperanza, que luchen por el pan, el sexo, el prestigio, la patria, el comunismo y todos los demás ismos. Si a la humanidad aún le queda un vestigio de espíritu, debería llegar a la conclusión de que toda esta sucia cochiquera no merece la pena.

—Querido amigo —dije—, el suicidio nunca podrá convertirse en un movimiento de masas.

—¿Cómo puede estar tan seguro? ¿Qué fue la batalla de Verdún sino un suicidio en masa?

—Allí tenían esperanza en la victoria.

—¿Qué victoria? Mandaron a cien mil soldados a la batalla y acabaron con sesenta mil tumbas.

—Algunos sobrevivieron. Algunos recibieron medallas.

—Quizás deberían crear una medalla al suicidio.

—Aún desea salvar al mundo —dije—. El suicidio es un acto solitario, no se hace en compañía.

—Leí en algún lado que en América existen clubs de suicidas.

—Para los ricos, no para los pobres.

Se rio y mostró una sonrisa sin dientes. Escupió la colilla del cigarrillo y la aplastó.

—¿Entonces que debería hacer? —preguntó—. ¿Hacerme rico? Quizás debería. Sería, después de todo, como Job.

Índice

Esta edición de *Una ventana al mundo*, compuesta en
tipos AGaramond 13/17 sobre papel offset Natural de
Vilaseca de 90 g, se acabó de imprimir en Salamanca el
día 10 de febrero de 2022, aniversario de la muerte de
Israel Yehoshua Singer

Últimos títulos de
Otras Latitudes